그래서
너에게로
갔어

세상
모든 여행지에
보내는
러브레터

그래서 너에게로 갔어   세상 모든 여행지에 보내는 러브레터

1판 1쇄 발행일 2018년 12월 15일

글·사진 홍아미 **| 펴낸이** 김민희, 김준영
편집 김반희 **| 디자인** 스튜디오 헤이,덕
영업 마케팅 김영란 **| 제작** 더블비
펴낸곳 두사람 **| 주소** 서울시 마포구 월드컵로 14길 24 302호
팩스 02-6442-1718
메일 twopeople1718@gmail.com
등록 2016년 2월 1일 제 2016 - 000031호
ISBN 979-11-963702-5-1 03810

두사람은 여행서 전문가가 만드는 여행 출판사, 여행 콘텐츠 그룹입니다.
독자들을 위한 쉽고 친절한 여행서, 클라이언트를 위한 맞춤 여행 콘텐츠와 서비스를 제공합니다.
Published by TWOPEOPLE, Inc. Printed in Korea

이 도서의 국립중앙도서관 출판예정도서목록(CIP)은 서지정보유통지원시스템 홈페이지
(http://seoji.nl.go.kr)와 국가자료공동목록시스템(http://nl.go.kr/kolisnet)에서 이용하실 수 있습니다.
(CIP제어번호: CIP2018039250)

그래서
너에게로
갔어

홍아미 글·사진

세상

모든 여행지에

보내는

러브레터

두사람

목차

프롤로그 _6

Part 1　여행의 시작

평생 여행하게 될 거라는 예감 _13

스무 살 여자애는 왜 인도에 갔을까 _23

우린 모두 좀 이상한 사람들 _30

너의 언어를 존중한다는 건 너의 세계를 존중한다는 것 _36

여행은 현실도피? 그게 뭐 어때서 _41

프랑스 미소년의 추억 _46

당신의 첫 유럽은 어땠나요 _50

오! 나의 젠틀맨 _55

소녀, 길을 떠나다 _61

나 홀로 여수 밤바다 _69

사서 하는 고생의 묘미 _76

Part 2　우리는 언제나 여행자

나의 곁에는 _85

사랑하는 사람과 세계일주하기 _90

대책 없이 여행하는 자의 변명 _96

우리는 아름다움을 훔쳐보았다 _102

때로는 운에 기대야 할 때가 있다 _108

안녕, 작은 친구 -여행지에서 만나는 동물들 _113

여행의 완벽한 순간들 _120

아침식사로 여행을 기억하는 몇 가지 방법 _127

기도의 방향 _133

여행의 밤은 특별하다 _142

안녕 나의 사람 _148

삼십대 여자 셋, 그리고 남미 배낭여행 _153

경계와 즐김 사이 _158

나는 후회한다 _163

홀로 여행하는 여자에게 보내는 편지 _168

Part 3 우리의 여행도 언젠가는

여행자의 무게 -장기 배낭여행에 대한 몇 가지 생각 _179

그곳에 사람이 산다 -내가 가본 독특한 마을들 _184

맛이 우리를 움직인다 _191

날씨가 아름다움을 망칠 순 없어 _200

행복을 돈으로 살 수 있을까 _207

여행으로 삶이 바뀐 사람들에 대하여 _216

우린 모두 연약한 인간이니까 _224

엄마와 유럽 여행하기 _230

다른 세상 엿보기 _237

여자들의 아지트 '쓰쓰' 이야기 _243

여행을 삶으로 만드는 몇 가지 방법 _248

여행의 속도는 저마다 다르니까 _255

작은 골방의 소녀, 세계와 만나다

작은 방 한 벽면에 커다란 세계지도를 붙이고 가고 싶은 나라로 상상 여행을 떠나곤 했던 어린 시절을 기억한다. 지도는 오래 접혀 있었던 탓에 구깃구깃해져 있었다. 우리 집이 있을 법한 곳에 빨간 점 하나를 찍었다. 한 걸음 뒤로 물러나서 보면 잘 보이지도 않을 만큼 작은 점. 그때 내가 속한 세계는 그 작은 점만도 못했다. 울퉁불퉁한 골목길과 크기와 높이가 제각각인 계단들, 살짝 삐뚜름한 전봇대와 어지럽게 하늘을 가로지르던 전깃줄……. 다섯 개의 방과 다섯 개의 부엌으로 되어 있던 35평 우리 집은 그나마 동네에서 잘 사는 편에 속했다. 줄넘기를 할 수 있는 마당도 있고, 장독대 가득한 옥상도 있었으니까. 창호지 바른 미닫이문이 달려 있던 내 방이 가장 작았다. 두 뼘 남짓한 창문을 열면 바로 눈앞에 뒷집 지붕이 보였는데 그 위엔 항상 쓰레기가 굴러다녔다. 가끔은 허겁지겁 지붕을 뛰어다니던 길고양이와 눈이 마주치기도 했다.

꼭 필요한 사람이 되자. 우리집 가훈이었다. 조모와 부모님은 책임감이 강한 소시민들이었으나 평생을 보수적인 가치에 기대어 대가족을 이끌었다. 꿈, 행복, 소망과 같은 말랑말랑한 단어들은 생존, 책임, 도리, 의무와 같은 절대적 가치에 비해 힘이 없었다. 여행은커녕 소풍이나 외식 한번 해본 적이 없었음은 물론이다. 그게 당연한 줄 알았다. 간혹 사소하게 속을 썩인 일이 있었겠으나 나는 대체로 유순하게 자랐다. 하루도 빠지지 않고 학교에 갔고, 정해진 시간에 귀가했다. 열둘 즈음부터 항상 설거지를 했고, 아침식사를 물린 뒤에는 어른들의 취향에 맞게 모닝커피를 타서 바쳤다. 그럼에도 불구하고 "지지배가…"로 시작되는 잔소리가 늘 뒤꽁무니를 쫓아다녔고, 나는 점점 나의 작은 방 안에 틀어박혔다.

지난 5월, 홍대 근처에서 열린 제2회 '트렁크 책축제'에서 북콘서트를 했다. 지난해 친구들과 함께 출간한 남미 여행 에세이집 〈지금, 우리, 남미〉를 가지고 1시간여 수다를 풀어냈다. 백여 명의 청중들을 앞에 두고 손에 마이크를 쥐는 순간, 등 뒤로 식은땀이 흘렀다. 동시에 드는 생각. '세상에, 이게 무슨 일이야.'

작은 골방에 틀어박혀 방문 하나 여는 것조차 두려워했던 소심한 소녀에게 대체 무슨 일이 일어났단 말인가. 삼십대 후반, 남부럽지 않은 연륜의 언니가 되어 겁 없이 세계 곳곳을 누비고, 내가 본 세상을 사람들에게 알려줘야겠다며 마이크까지 들게 됐다. 이건 간극이 커도 너무 크지 않은가.

무엇이 나를 이리 변하게 만들었을까. 무엇이 얇은 미닫이문이 마치 결계라도 되는 것마냥 틀어박혀 책만 파고들던, 스스로를 세상에서 가장 불행하다 자학하던 소녀를 세상 밖으로 끌어냈을까. 사실 조금만 더 생각해보면 변한 건 아무것도 없다. 여전히 나는 고민이 있을 때마다 책에 기댄다. 자주 못난 짓을 하고 후회하며 곱씹는다. 다만 넓어졌을 뿐이다. 여행을 하고 사람을 만나며 내 세계는 계속 넓어지고 있다. 인도로 첫 배낭여행을 떠나 미친 듯이 청춘을 불사르던, 발자국 하나 없는 하얀 눈밭에서 뜨거운 눈물을 뚝뚝 흘리던, 야간열차를 타고 영하의 새벽에 홀로 여수 돌산대교를 건너던, 허니문이라 위장한 채 남편과 하드코어 배낭여행을 즐기던, 지구 반대편 남미의 빙하와 화산, 사막, 고산지대를 누비던 이 모든 존재가 나다.

'내가 해왔던 모든 여행을 총정리해보겠다'는 야무진 다짐으로 브런치에 연재를 시작한 게 1년 전의 일이다. 시간이 흘러 글이 쌓였고, 수많은 친구들에게 들려주고 싶었던 이야기들을 묶었다. 그 사이 한 살 더 먹었지만, 그래서 억울하지 않다.

한 평범한 여자의 세상이 여행으로 넓어지고 원하는 삶에 가까워지는 과정을 충분히 그려냈는지 모르겠다. 대단한 탐험가도 아니고, 유명한 작가도 아닌 나의 이야기가 과연 많은 독자들과 공명할 수 있을지 또한 자신이 없다. 아직도 나는 어리석고, 배워야 할 것이 많은 사람이고, 더 아름답고 강해지기를 원하는 욕심 많은 사람이다.

세상의 모든 이들이 나와 다르지 않을 거라 생각하고 있다. 아무렇지 않게 떠나라, 이야기하지만 아무나 에베레스트 정상에 오를 수 있는 건 아니다. 수년씩 세계 일주를 다닌다는 건 차라리 꿈에 가까운 이야기다.

여행을 하면서 더욱 일상이 소중해지고 관계가 넓어지는 경험을 나누고 싶었다. 평범한 관광에 가까운 여행을 즐기는 30대 여자로서, 이걸로도 충분하다는 이야기를 친구들에게 들려주고 싶었다. 세상의 모든 여행이 당신 삶의 일부로 제대로 기능할 수 있도록, 그리하여 점점 더 풍요롭고 행복한 인생을 만들어갈 수 있도록. 이것이 내가 바라는 전부다.

2018년 겨울
홍아미

여행의 시작

바릴로체, 아르헨티나

나는 일 년에 두세 번, 짧게는 2주, 길게는 한 달씩 여행을 한다. 출장 때문에 나가는 경우도 없진 않지만 대부분 자비를 들여 자발적으로 떠나는 순수한 여행이다. 공항에 발을 딛는 순간 나의 신분은 '여행자'로 자동 변환된다. 그 두근거림과 짜릿함은 첫 여행 때부터 무수히 반복되었지만 여전히 나를 들썩이게 한다.

언제부터 내가 여행을 좋아했던가. 기억을 더듬을 필요조차 없다. 마치 누군가에게 첫눈에 반하듯, 나의 첫 여행지였던 인도는 스무 살 앳된 처녀를 완전히 홀려버렸다. 누구에게나 처음은 특별하지만 여행은 더더욱 그랬다. 내가 평생, 끊임없이 여행하게 될 거라 예감했던 그 순간에 대해 써보려 한다.

그때 나는 인도 동쪽, 외진 해변 도시에 홀로 머물고 있었다. 그러니까 태어나서 처음으로 혼자가 된 순간이었다. 20여 년을 사는 동안 누군가의 구속이나 간섭에 진저리를 칠 망정 단 한번도 고독하거나 외로웠던 적이 없었다. 집에 돌아오면 늘 가족이 맞아주었고, 유치원서부터 대학교까지 늘 단체생활을 해왔다. 태어나 자란 부평은 전국에서도 인구밀도가 높기로 손꼽히는 지역이었다. 항상 사람과 부딪히고, 감당하지 못할 관계를 맺고, 피로와 좌절을 느끼며 살아온 전형적인 도시 사람이었던 나.

인도로 떠나와서도 마음이 잘 맞는 동갑내기 친구들과 시끌벅적하게 어울리며 신나게 놀았다. 버려진 사원 곳곳을 〈인디애나 존스〉라도 된 양 탐험하기도 하고, 음력 설에 맞춰 일출을 보기 위해 오른 산에서는 동쪽을 향해 단체로 세배를 올리고 영문을 모르는 외국인들에게 박수를 받기도 했다.

버스나 기차가 몇 시간씩 연착하는 일이 다반사였지만 우리에겐 아무 상관없었다. 기다리는 동안에도 흥미진진한 일들이 얼마나 많이 일어나던지. 구걸하던 꼬마들과 친구가 되어 정작 버스가 왔을 때는 눈물을 글썽거리며 작별인사를 하기도 했다.

불편한 야간버스에서는 우연히 마술사 가족과 친해져서 밤새 심심할 틈이 없었다. 눈이 커다란 딸아이는 우리 일행이 마음에 들었는지 밤새 옆에 찰싹 붙어 힌디어로 조잘댔고, 마술사의 아내는 먹을 것을 자꾸만 우리에게 건네줬다. 버스가 설 때마다 아저씨가 보여주던 신기한 갖가지 마술쇼는 잊지 못할 추억을 만들어줬다.

작은 시골마을에서 정전이 됐을 땐, 갑자기 스위치를 켠 것처럼 하늘을 눈부시게 수놓은 별무리를 보고 모두가 소리를 지르며 밖으로 뛰쳐나갔다. 모두가 한마음으로 하늘을 보면서 '우리가 이 순간을 잊을 수 있을까' 같은 이야기를 주고받았다.

바라나시 갠지스 강가의 가트에서 멍하니 바라봤던 화장(火葬) 풍경. 너무도 생생하게 살아 있었던 스무 살 청춘들에게 죽음이란 그렇게 가깝고도 먼 일이었다.

콜카타에서는 일주일가량 머물며 마더하우스에서 봉사활동을 했다. 뼈만 앙상하게 남아 죽음을 기다리는 병자들의 몸을 닦아주고 미음을 먹여주었다. 봉사활동이 끝나면 게스트하우스에 모여 노닥거렸다.

하루는 한국인 부부가 갑자기 숙소에 찾아와 평소 엄두도 못 내던 비싼 식당에 데려가 밥을 사주고 용돈을 주었다. 우리의 모습은 그들에게 가난했지만 찬란했던 젊음을 다시금 만나게 해주는 매개체였을지도 몰랐다. 지금도 아저씨의 '잔술' 이야기가 기억에 남는다. 대학교 때 돈이 없어 소주를 한 잔만 시켜 아껴 마시고 있는데, 그걸 본 한 어른이 아무렇지 않게 비싼 술과 안주를 사주며 "나중에 너도 너보다 어리고 가난한 사람에게 갚으면 된다"고 했단다. 젊은 날의 약속을 나이 들어서도 잊지 않고 지키는 멋진 어른을 만나다니. 용돈으로 받은 500루피는 며칠은 풍족하게 먹고 잘 수 있는 돈이었지만 그 감동을 해치고 싶지 않아 그대로 마더하우스에 기부했다.

매일 멋진 일들이 일어났다. 하루를 보내고 눈을 감을 때면 두근대는 심장을 가라앉히며 생각했다.

'오늘 너무 재미있었어. 내일은 또 얼마나 근사한 일이 일어날까.'

현실인 듯 비현실 같은, 낯선 공간과 시간

혼을 쏙 빼놓았던 축제의 시간이 끝났다. 마음의 방향이 달랐던 친구들은 저마다 다른 곳으로 흩어졌고 나도 홀로 낯선 버스에 올랐다. 태어나서 처음 경험해보는 '혼자'의 순간이었다. 정말이지 생경했다. 놀랍고, 고독하고, 무섭고, 막막하고, 슬프고, 달콤했다.

처음엔 후유증을 앓았다. 혼자인 게 견디기 힘들었다. 그럼에도 불구하고 나는 고팔푸르라는, 해변 외엔 볼 게 없어 여행자들이 잘 가지 않는 소도시로 향했다. 누구라도 좋으니 대화를 나

16
Part 1. 여행의 시작

인레 호수 근처 숙소, 미얀마

누고 싶었으나 지금까지 그리도 흔하던 여행자가 하나도 보이지 않는 지역이었다. 칠리카 호수 앞까지 가서야 겨우 영국인 커플 여행객을 만나 먼저 말을 걸고 동행했다.

스무 명 정도의 현지인들 사이에 끼어 탄 작은 배는 놀랍게도 돛대에 무명 같은 천을 달아 순수하게 바람의 힘으로만 나아가는 진짜 돛단배였다. 인도에서 두 번째로 크다는 칠리카 호수를 건너는 데 두 시간은 족히 걸렸을 것이다. 가는 동안 한 어부는 자기가 잡은 어마어마한 킹크랩을 우리에게 자랑하기도 했고, 수줍은 미소를 띤 어린아이와 장난을 하기도 했다. 나는 이때다 싶어 늘 가지고 다니던 피리로 아리랑을 불렀다. 낯설지만 구슬픈 곡조에 다들 감동의 박수를 보냈다. 물론 좋은 실력은 아니었지만.

말이 안 통하는 동행들과의 여정은 고행이었다. 컨디션이 너무 안 좋았다. 결국 하룻밤만 보내고 나는 따로 숙소를 구해 나가겠다고 했다. 파도소리가 들리는 해변가의 작은 호텔을 찾아들어갔다. 설사가 너무 심해 화장실이 딸린 방이어야 했다. 적당한 선에서 흥정하고 체크인을 한 순간부터 나는 이틀 밤낮을 내리 앓았다. 비몽사몽 정신없이 자다가 설사하거나 구토하고, 또 자다가 화장실에 달려가고……. 아무것도 먹지 못한 채 속에서 더 나올 것도 없을 때까지 게워냈다. 내가 왜 문을 안 잠갔는지 모르겠지만 가끔 매니저가 와서 괜찮냐고, 왜 먹지를 않냐고 걱정해주었던 기억이 난다. 그렇게 사흘째 되던 날에야 나는 겨우 정신을 차렸다.

지구라는 별 위에 두 발 딛고 선 나를 만나다

비척비척 숙소 밖으로 걸어나가니 바다가 지척이었다. 끙끙 앓으면서도 쉴 새 없이 들리는 파도소리에 마치 바다 속을 유영하는 듯 몽롱했다. 이틀 동안 아무것도 먹지 못해 온몸이 텅 빈 듯 기운은 없었지만 대신 깃털처럼 가벼워진 느낌으로 바닷가를 걷고 또 걸었다. 아무 생각도 하지 않고, 더 이상 그 무엇도 나오지 않을 때까지 계속 걷기만 했다.

흐린 날씨에 바람이 조금 불어오는, 꽤 살풍경한 바닷가였다. 해변 여기저기에는 자이언트거북의 시체가 이리저리 널려 있었다. 그렇게 큰 거북은 처음 보았거니와 수십 마리가 죽어 해변가로 떠밀려온 풍경에 나는 더욱 현실감각을 잊어갔다. 며칠 정신없이 앓고 난 뒤라 더 그랬을지 몰랐다.

어디에서도 인적을 느낄 수 없는 곳까지 왔을 때, 나는 갑자기 퍼뜩 정신을 차렸다. 이 세상 그 누구도 내가 이곳에 있다는 걸 모른다. 여기서 저 바다로 그냥 걸어나가기만 해도 완벽하게 세상에서 종적을 감출 수 있겠구나. 소름끼치게 두려웠던 '혼

평생 여행하게 될 거라는 예감

(위) 나자레, 포르투갈   (아래) 말라카, 말레이시아

자'라는 실감은 점점 희열에 가까운 자유로움으로 마음을 사로잡았다.

그 환희를 난 지금도 잊지 못한다. 미친 짓을 했다. 목청이 터져라 소리를 질렀다. 바다를 향해 고래고래 외쳤다. 아무도 듣는 사람이 없으니까. 폴짝폴짝 뛰고 깔깔 웃으며 지랄발광을 했다. 아무도 보는 사람이 없으니까. 지구 위에 나 혼자니까. 이렇게 무서운 자유라니.

그리고 다시 아무 일도 없었던 것처럼 왔던 길을 그대로 되짚어 숙소로 돌아왔다. 며칠 내내 아무것도 먹지 않는다고 걱정하던 매니저에게 식사를 부탁했다. 볶음밥 위에는 케첩으로 어설픈 하트가 그려져 있었다.

두 달간의 인도 여행 중 오롯이 혼자 떠돌던 날은 고작해야 일주일 남짓이었을 것이다. 한국말을 한 마디도 할 수 없었던 시간들. 외롭기도, 아프기도, 무섭기도 했지만 태어나서 처음으로 완전한 혼자로 존재할 수 있었던 경험은 꽤나 강렬했다. 평생 모르고 있었던 감각이 새로이 눈을 뜨는 오롯한 기분.

'중력'을 느끼는 기분을 아시는지. 지구라는 별 위에 두 발을 딛고 서 있는 나 자신을 오롯하게 느끼는 감각. 그 미치도록 짜릿한 느낌을 알게 된 이상 나는 여행을 하지 않고는 배길 수 없게 되어버린 것이다. 일상 속에서는 수많은 사람들과 관계 사이에 발생하는 '인력' 때문에 중력을 느끼기가 힘들다. 이리지리 밀

처지고 당겨지고, 기대기도 하고 휩쓸렸다가 나동그라지고…….
그러느라 중심을 잡고 있는 것조차 버겁다.

　그러나 여행을 떠나 있는 동안에는 일상에 존재했던 모든
인력들이 잠시 끊어진다. 처음에는 조금 겁이 난다. 그러나 문득
깨닫게 된다. 지구가 끌어당기는 힘을. 나 혼자서도, 내 두 발만
으로도 충분히 중심을 잡고 서 있을 수 있다는 사실을. 그 희열을
알고도 어떻게 떠나지 않고 살 수 있을까.

　한국에 돌아오면 다시 여러 가지 끈이 올가미처럼 나를 칭
칭 감는다. 삼십대 중반의 결혼한 여자, 누군가의 딸이자 며느리,
다달이 세금을 내야 하는 대한민국의 시민, 매달 월세를 입금해
야 하는 세입자 등 그 이름은 무수하다. 그러나 나를 휘감은 수많
은 끈들이 느슨해졌다 팽팽해지기를 반복하는 가운데서도 내가
꼿꼿이 허리를 펴고 서 있을 수 있는 것은 바로 '중력'을 기억하
는 까닭이다.

언제부터 인도를 꿈꾸었는지는 기억나지 않는다. '어른이 되면 하고 싶은 일' 가운데 인도 배낭여행이 항상 올라 있었으므로 이미 학창시절부터 로망을 품고 있었던 듯하다. 고등학교 친구와 함께 가자고 손가락 걸고 약속하며 설레던 기억도 문득 떠오른다. 그러나 어떤 이유에선지 친구는 마음을 바꿨고, 나는 혼자서라도 가고야 말겠다며 의지를 다졌다.

살면서 뭔가에 대한 열망이 그토록 강하게 나를 사로잡은 건 처음이었다. 거기에 뭐가 있는지, 무엇을 원하는지조차 알지 못하면서 상사병을 앓듯 인도라는 나라에 빠져들었다. 인도에 대한 책을 찾아 읽고, 인터넷에서 끊임없이 정보를 검색하고, '인도방랑기'라는 다음 카페 정모에도 찾아갔다. 카페 활동을 하면서 나와 여행 일정이 비슷한 정민언니를 만났다. 울산에 사는 언니와 자주 메일을 주고받으며 인도에 대한 이야기를 나눴다.

　여행을 가기까지의 과정은 순조롭지 않았다. 도저히 논리적으로 표현할 수 없는, 대책 없는 열망과 집착이 없었다면 이 책에 인도 여행이 쓰이는 일은 없었을 것이다. 21살 겨울, 그때 인도에 못 갔다면 아마 지금까지도 못 갔을 거라는 얘기다. 아마 꽤 다른 삶을 살게 되었을지도 모르겠다.

미안하지만, 가야 해요

　지금 생각해도 가혹한 난관이 몇 개 있었다. 그해 여름 팔이 부러지는 사고를 당했고, 수술과 입원, 물리치료에 꽤 많은 시간과 돈이 들었다. 예상치 못한 휴학은 덤이었다. 여행을 떠나기 불과 한 날 전 새 남자친구가 생긴 것 또한 장애물이라면 장애물이었다. 그러나 아무리 갓 시작한 연애가 달콤하다 해도 항공권도 사놓고 비자 발급까지 마친 시점에 여행을 무르는 건 생각할수도 없는 일이었다. 하늘이 두 쪽 나는 한이 있더라도 가고야 말 것이라고 무소의 뿔처럼 인도를 향해 돌진하던 시절. 그런데 이제까지와는 차원이 마지막 고비가 기다리고 있었다.

　바로 국제 정세였다. 인도와 파키스탄 접경지역인 카슈미르에서 일어나는 크고 작은 분쟁에 대한 보도가 매일 뉴스에 흘러

나왔다. 나는 뉴스에 '인도'라는 말만 들려도 움찔움찔했다. 나중에 여행객들이 대거 빠져나오고 있다는 소식까지 들렸다. 위험하거나 안전하거나 내가 인도를 가겠다는 의지에는 전혀 흔들림이 없었다. 내가 걱정했던 건 딱 하나. 아빠였다.

여행을 일주일 앞두고 결국 아빠가 입을 열었다. "여행은 좀 두고 보자." 나는 준비해두었던 대답을 줄줄줄 얘기했다. 뉴스에만 저렇게 나오는 것뿐이고 현지에 있는 사람들에게 물어보니 아주 평화롭다더라, 파키스탄 접경 지역에만 조금 문제가 있으니 그쪽으로는 절대 가지 않겠다 등등. 아빠는 귓등으로도 듣지 않았다. 세상에 어떤 부모가 위험한 곳에 딸을 보내겠느냐는 얘기에 나는 공항에서 만나 함께 출발하기로 한 정민언니까지 동원했다. '딸을 믿는다. 딸이 원하는 대로 해주고 싶다'는 정민언니 아버지와 통화까지 해놓고서 아빠는 콩가루 집안이라 욕했다. 두 고집쟁이들의 대립은 한 치도 물러섬이 없었고, 그 사이에서 할머니와 엄마는 어쩔 줄을 몰라 했다. 대치 상황은 결국 대망의 출국일 직전까지 이어졌다.

아침 9시 비행기였으니까 늦어도 새벽 6시에는 집을 나서야 하는 상황이었음에도 나와 아빠는 새벽 2시까지 기싸움을 벌였다. 말이 기싸움이지, 아빠는 열을 내고 돌아앉아 있었고, 나는 무릎 꿇고 앉아 "죄송해요. 가야 해요"라는 말만 반복할 뿐이었다. 아빠의 반대는 거의 읍소에 가까워져 있었다.

"무조건 가지 말라는 거 아니잖아. 그래, 네 말대로 접경지역만 피하면 괜찮겠지. 실제로 위험한 일을 당할 확률이 얼마나 되겠어. 그런데 그 확률이 1%라 하더라도 뉴스에서 저렇게 떠드는 위험한 땅에 놀러가라고 딸을 보내는 부모가 세상에 어디 있냐고!"

아빠가 나를 이렇게 걱정하는지 태어나서 처음 알았던 순간. 그렇지만 그러거나 말거나.

"그래도 전 가야 해요."

아빠 제발요, 제가 이렇게 빌게요, 보내주세요, 울면서 애원하면 아빠도 같이 무릎을 꿇었다. "나도 이렇게 빈다!" 다음 방학 때로 연기하면 여행에 드는 비용 일체를 다 대주겠다는 파격적인 제안에도 인도에 홀린 이 여자는 굽힘이 없었다. 결국 협상은 결렬되었다.

잠 한 숨 자지 못한 채 가방만 끌어안고 있었다. 최악의 경우 몰래 집을 빠져나갈 궁리까지 했으니까. 밤을 지새운 건 아빠도 마찬가지인 모양이었다. 5시 반쯤 되었을까. 아빠가 공항까지 데려다주겠다고 나오라고 했다. 정말 공항에 가는 게 맞겠지? 반쯤 의심하며 아빠와 단둘이 차 안에 있던 그 40분간의 공기는 숨도 못 쉴 정도로 무겁고 적막했다.

메콩 강, 라오스

이윽고 눈앞에 인천공항이 거대한 위용을 드러냈다. 태어나서 한 번도 비행기를 타본 적이 없었으니 공항에 와본 것도 처음이었다. 가슴이 터질 것만 같았다. 여기까지 오는 게 얼마나 힘들었는지. 차에서 내려, 화가 난 아빠의 얼굴을 보며 내가 할 수 있는 말이란 별로 없었다. "다녀올게요, 아빠."라고 대답했던가, 대답조차 하지 않았던가. 아빠는 그대로 출발해 가버렸다. 낡은 봉고차의 뒤꽁무니가 무척 성나 보였다.

홀로 남은 내 앞에 선 공항은 상상했던 것보다 훨씬 크고 위압적이었다. 어둠이 가시지 않은 12월의 새벽, 선택의 여지가 없었던 나는 조금 무서워 보이는 공항 안으로 터벅터벅 걸어들어갔다. 알파벳과 숫자가 크게 쓰인 수많은 창구들, 무엇을 기다리는지 멍하니 앉아 있는 사람들. 그 안에서 나는 누구도 가르쳐주지 않았지만 혼자 입국 수속을 밟았다. 그러고는 혹여 누가 건드릴세라 배낭을 품 안에 꼭 끌어안고 대기석에 앉아 있었다. 불안하고 막연하고 가슴이 터질 것 같은 기분. 그 강렬한 느낌이 이후 나를 여행 중독에 빠져들게 만든 시초였음을, 그땐 알지 못했다.

홍콩을 경유해 뉴델리로 가는 에어인디아가 이륙하는 순간. 나는 둥지를 떠나 처음 날갯짓을 하는 어린 새와 같은 심정이었다. 무사히 날 수 있을까 마음 졸이는 것은 둥지에 남은 부모의

몫일 뿐, 이미 둥지를 떠난 새는 뒤를 돌아보지 않는 법이다. 더 높이, 더 멀리. 세상 끝까지라도 날아갈 수 있을 것 같은 도취에 휩싸여 나는 자꾸만 날아올랐다.

우린 모두 좀 이상한 사람들

얼마 전 술자리에서 '난 넌'이라는 소릴 들었다. 스무 살 때 혼자 인도 배낭여행을 다녀왔다는 얘길 했을 뿐이었는데. 어감이 세긴 하지만 '대단하다'는 의미로 나온 소리라는 걸 알기에 전혀 불쾌하진 않았다. 다만, 뭐 그리 대단한가, 그냥 놀러 갔다 온 건데, 이런 생각.

생애 첫 여행이 두 달간의 인도 여행이라고 말하면 대부분의 사람들이 놀랍다는 반응을 보인다. 물론, 참 대단한 여행이었다, 개인적으로는. 태어나서 그렇게 신나고 행복한 적이 없었다. 한국에 돌아와서도 한동안 후유증으로 어쩔 줄 몰라 했을 정도니까.

어떤 이들에게는 인도, 중동, 남미, 아프리카 등 지구상의 몇몇 곳에 대한 편견이나 환상 같은 게 있을 수도 있고, 그런 곳을 가고 싶어 하고 찬양하는 종족들을 조금은 특이하게 볼 수 있다는 것을 안다. (물론 스스로는 전혀 그렇게 생각하지 않았지만) 이제와 떠올려보니 내가 그동안 살면서 만난 '좀 이상한 사람들' 중 대부분은 인도에서 만난 터였다.

이상한 사람 하나

일단 나부터 얘기해보자면, 나는 평범하다. 대한민국에 사는 모든 종류의 인간을 평균으로 내보면 그건 딱 나일 거다. 그런 내가 첫 여행으로 인도를 선택한 건 그냥 거기가 제일 가고 싶어서였다. 인류 4대 문명 중 하나라는 신비로움도 있었고, 당시 봇물처럼 쏟아져나온 〈하늘 호수로 떠난 여행〉 유의 책들을 보면서 적잖은 환상도 쌓아왔던 탓에 더럽다거나 열악하다 얘기는 별로 신경 쓰이지 않았다. 당시 나는 내 삶도 충분히 더럽고 열악하다고 생각했다. 물론 인도는 상상 그 이상이었지만.

이상한 사람 둘

그 애들을 처음 본 건 경유지였던 홍콩 공항이었다. 키도 휜

칠하니 크고 덩치도 좋은 내 또래의 남자애 둘은 멀리서도 눈에 띄었다. 바람을 넣는 파란 목베개를 나란히 끼고 어슬렁어슬렁 걷는데 그중 한 녀석은 어깨 아래까지 치렁치렁 머리가 길었다. 델리 공항에서 다시 만났을 때 처음 인사를 나눴고, 다음 날 파하르 간지를 거닐다가 또 마주쳤을 때는 제법 반갑기까지 했다. 통성명을 하고 나니 금세 친구가 되었다. 우리는 약 한 달간 함께 인도 이곳저곳을 누비며 함께 여행했고, 당연히 남자애의 긴 머리는 아무렇지 않게 느껴졌다.

이상한 사람 셋

여행 중반, 묵고 있는 콜카타의 게스트하우스 안으로 커다란 가방이 걸어들어왔다. 정확하게는 자기 몸집의 배는 될 법한 배낭을 멘 자그만 여자 사람이었다. 나보다 한두 살 많은 언니였던 걸로 기억한다. 머리 위로 30cm쯤 삐죽 올라와 있는 배낭이 호기심을 이끌었다. 언니의 배낭 안은 정말이지 놀라웠는데 그중 최고는 30여 개의 CD와 CD플레이어였다. 그때가 2001년. 그러니까 mp3와 디지털카메라가 도입되기 직전이었기에 다들 배낭의 꽤 많은 공간에 필름과 CD, 책 등을 넣어가지고 다니긴 했지만 그래도 너무하지 않나 싶었다. 언니는 여행을 다니면서 좋아

하는 음악을 듣는 게 로망이었다고 했다. 나머지 긴긴 일정 동안
그 많은 CD들을 어떻게 했을까 두고두고 궁금했다.

이상한 사람… 다수

흑백필름과 로모카메라로만 사진을 찍는 아이도 있었고,
오지 문화를 체험해봐야 한다며 날생선을 잡아다가 꼬챙이에 꿰
어 나무를 비벼 불을 붙여 구워먹는 사람들도 있었다. 싸고 맛있
는 생선 요리를 얼마든지 사먹을 수도 있었는데 굳이.

어떤 여자애는 우연히 들려온 타악기 소리에 빠져 한 달째
바라나시를 떠나지 못했고, 어떤 남자애는 콜카타 마더하우스에
서 봉사활동을 하겠다고 입국 일자를 미뤘다. 나와 함께 여행하
던 언니는 갑자기 고백을 해야겠다며 편지 한 장 달랑 남기고 남
자애가 있는 콜카타로 돌아가버렸다. 또 다른 언니는 샛노랗게
머리를 물들인 채 인도에 와서는 매일 바나나만으로 연명했다.
아… 다시 떠올리는 것만으로도 다들 참 독특하다.

문득 떠올려보니 나도 이상한 구석이 없진 않았다. 한 가지
예를 들면, 나는 항상 사이드백에 피리를 꽂고 다녔다. 델리의 한
노점에서 우연히 산 피리였는데 틈만 나면 불고 다녔다. 스스로
도 인정하는 바, 나는 음악적 소질이 없다. 아, 친구들은 얼마나

듣기 싫었을까. 어쨌든 인도 사람들은 피리를 보고 불어보라고 청하기도 했고, 그래서 그들이 모르는 '아리랑'이나 '도라지' 같은 노래를 들려주면 아름답다고 칭찬해주기도 했다. 피리 연주에 대한 답례라면서 밥값을 대신 내준 사람도 있었다.

　　인도를 첫 여행으로 선택했던 스무 살들은 더더욱 그랬을 것이다. 일상 속에서는 자신이 이상하다는 것을 부끄럽게 여기고, 고치려고 노력하고, 하다못해 숨기기라도 해야 제대로 살아갈 수 있다고 생각했다. 인도 여행이 특별했던 것은 그 이상함이 당연하게 여겨지는 곳이었기 때문이다. 그 당연함이 우리를 자유롭게 한다. 그 당연함이 우리를 특별하게 만든다.

　　'이상한 게 당연한' 세계에서 막 돌아온 나와 친구들은 다시 사회에 적응하는 데 애를 먹었다. 인도에서 매일 보라색 판초를 걸치고 다니던 남자애는 대학 캠퍼스에서도 그러고 다니다 말도 못할 '찐따' 취급을 받았다. 나도 버릇처럼 아무 데나 맨바닥에 앉았다가 친구들에게 구박을 받기도 했다. 점점 인도에서 산 부랑자 같은 옷과 기괴한 액세서리를 찾지 않게 되었다. 맨발로 걷거나 맨손으로 먹는 건 당연하지 않다는 것도 되새기게 되었다. 그렇게 이상하지 않은 척 사는 방법을 터득하며 우리는 이 땅에 살고 있다.

메콩 강, 라오스

너의 언어를 존중한다는 건
너의 세계를 존중한다는 것

기다림은 지루했다. 인도에서는 버스도 기차도 하물며 비행기까지도 연착이 잦았다. 우리는 카주라호에서 잔시로 가는 버스에 올랐다. 역시나 출발하기로 한 시간에서 두 시간이 지났는데도 버스는 움직일 기미를 보이지 않았다. 창밖으로 장사꾼들이 오갔다. 몹시 불결해 보이는 주전부리와 짜이 등을 파는 치들이었다. 동냥하는 아이들도 많았다. 기다림만큼이나 익숙해진 풍경에 하품이 쏟아졌다.

지루한 걸 가장 못 견디는 내가 먼저 움직였다. 안전한 버스 안에서 벗어나 시끄러운 장사치들과 탐욕스러운 걸인들의 도가니 속으로 저벅저벅 걸어들어갔다. 바나나가 한 다발에 5루피라고 했다. 우리 돈으로 150원 정도. 작은 몽키 바나나였으나 맛은 달았다. 아무 데나 걸터앉아 바나나를 먹고 있는데 아이들이

들러붙었다. 나 역시 헝그리 정신으로 무장한 백패커였기에 쉽게 적선해줄 마음은 없었다. 여행자들을 물주로 보는, 공허하면서도 탐욕스러운 눈빛 또한 이미 익숙해질 대로 익숙해진 뒤였다. 아이들은 습관적으로 손을 입에 갖다 대며 '적선'을 뜻하는 '박시시'를 반복해 말했지만 큰 기대는 없어 보였다. 그저 적선이라는 단어가 꼬질꼬질한 아이들과 5,000km 밖에서 날아온 동양의 대학생들을 이어주는 유일한 연결고리였을 뿐.

더 이상 여행자가 아닌 순간

무슨 생각이었는지 모르겠다. 조금은 권태로운 장난이었을지도. 바나나를 하나 떼어 껍질까지 벗겨서 갓난아기를 안고 있는 남자애에게 건넸다. 그리고 주섬주섬 힌디어 회화 메모를 꺼내 더듬더듬 이름을 묻고 나이를 묻고 부모님이 있는지 물었다.

그때부터 아이들은 내가 아는 '아이들'이 되었다. 더 이상 우리에게 구걸하지 않고 순진한 눈빛으로 귀를 기울였다. 아이들은 내 말을 알아듣기도 하고 더러는 고개를 젓기도 하며 자신들의 이름을 말했다. 아기를 안고 있는 남자애는 사실 여자애였다. 알아들을 수 없는 언어와 손짓에도 나는 아이들의 말을 모두 이해할 수 있었다. 가지고 있던 물티슈를 뽑아서 아이의 얼굴을 닦

너의 언어를 존중한다는 건 너의 세계를 존중한다는 것

페낭, 말레이시아

아줬다. 더운 날씨에 시원한 느낌이 좋았는지 아이들은 더 달라고 했다. 우리 일행은 물티슈 한 통과 남은 바나나 전부를 아이들에게 주었다.

한참을 그러고 놀고 있노라니 어느새 우리 주위로 사람들이 몰려들기 시작했다. 인도 사람들은 워낙 오지랖이 넓은 민족이었다. 그들은 무슨 일이냐고 묻거나 아무 말 없이 그냥 서서 우리를 구경했다. 우리가 아이들의 말을 못 알아듣고 있으면 통역을 해주기도 했고, 우리의 어설픈 힌디어의 발음을 교정해주기도 했다. 우리가 웃으면 그들도 함께 웃었다. 그 상황이 우습기도 했고 재미있기도 했다. 장사치들은 더 이상 우리에게 장사를 하지 않았고, 우리는 그들이 우리 곁에 머물도록 내버려두었다.

기다림 그리고 헤어짐

버스가 출발 신호를 보냈다. 기다렸던 시간이었으나 아이들과의 헤어짐이 아쉬워 머뭇거렸다. 기념 촬영을 했다. 원래 아이들과 우리 일행들만 찍을 생각이었는데 모여 있던 인도인들이 은근한 눈빛을 보내며 비켜주지 않았다. 같이 찍고 싶냐고 물었더니 냉큼 우리 곁에 섰다. 우리 일행과 아이들, 그냥 지나가던 사람, 바나나 장수, 릭샤왈라, 버스 운전사까지 스무 명도 넘는 인원

너의 언어를 존중한다는 건 너의 세계를 존중한다는 것

이 함께 '김치'를 외치며 사진을 찍었다.

여행이 끝난 후에도 그 순간은 오래도록 기억에 남았다. 낯선 조합의 단체 사진을 볼 때마다 묘한 기분이었다. 마치 〈내셔널 지오그래픽〉에 나오는 인도 사진에 우리 모습이 합성된 느낌이랄까. 우리가 한 일은 그 나라 말로 말을 건 것밖에 없었다. 그런데 갑자기 흑백사진에 총천연색이 입히고, 평평한 사진이 3D 입체 영상으로 바뀌는 일이 벌어진 것이다.

그 순간, 그러니까 버스가 떠날 때, 다섯 명의 아이들은 나란히 앉아 우리에게 열렬히 손을 흔들었다. 바나나 장수도, 짜이 장수도, 지나가던 인도 사람도 모두. 우린 당신들의 세상에 잠깐 머물렀던 것뿐인데, 어째서 그토록 눈물겨운 작별 인사를 하시나요. 우리는 웃으며 울었다. 아마도 인도 여행 중 가장 감동적인 순간 가운데 하나였으리라. 아주 잠깐이었지만 완벽하게 다른 두 세계가 접점을 만났고 교감했다. 헤어짐이 아쉬웠던 것은 만남이 있었던 까닭이다. 그냥 스쳐 지나가는 창밖 풍경이 아쉬울 리 없다. 만남이 없다면 헤어짐도 있을 리 없다.

상대방의 언어를 안다는 것은 완전히 다른 두 세계를 끌어당겨 이어주는 엄청난 일이다. 여행은 공간을, 언어는 사람을, 그리고 그 둘의 만남은 세상에서 가장 의미 있는 기적이다.

여행이란 한 권의 책을 읽는 것과 같다. 내가 살고 있는 곳과는 전혀 다른 세상. 내 현실에서는 절대 만날 수 없는 사람들. 단지 다른 것은 실제로 보고 얘기하고 냄새 맡고 만질 수 있다는 것. 그러나 여행의 시간이 끝나면 바뀐 것 하나 없는 그대로의 현실. 여행자로 계속 살 수는 없는 걸까.

오래된 현실 도피의 기억

내가 아직 아이였을 때. 그러니까 열두세 살 즈음의 난 책만 읽었다. 학교에서는 조용히 수업을 듣고, 쉬는 시간에는 책을 보고, 집에 오는 길에도 뒷얘기가 궁금해 책을 펼쳐들었다. 친구랑

수다를 떨고, 교실 뒤편에서 공기놀이나 줄넘기를 했던 기억은 없다. 집에 오면 숙제를 하고, 또 책을 읽었다.

지금도 생각나는 풍경이 있다. 집에서 가장 작은 기차방(좁고 길쭉한 관같이 생긴 방이었다)에 누워 해가 지고 어두워져서 더 이상 눈에 아무것도 보이지 않을 때까지 책을 읽었다. 불을 켜면 되었을 텐데, 왜인지 나는 캄캄해져서 아무것도 보이지 않을 때까지 고집을 부렸다. 이윽고 완전히 어두워져서 책을 읽지 못하게 되었을 때는 마음마저 어두워졌다. 모험과 꿈이 가득한 환상의 세계에서 뛰어놀다가 "시간이 됐으니 넌 네 세계로 가!" 하고 주인공으로부터 방출당한 심정이었다.

책을 덮으면 내가 처한 현실이 더욱 암울하게 여겨졌다. 저 문밖에는 무서운 할머니가 있고, 못된 동생이 있고, 야단을 맞거나 구박을 받아야 하는 일 천지였다. 그러니까 내가 독서에 빠져들었던 것은 일종의 현실 도피였던 셈이다.

나중에 '크면', 혹은 '어른이 되면'이라는 가정법 뒤에 오는 나의 소원들은 항상 여행에 관련된 것이었다. '가방에 초콜릿과 필름을 한가득 채우고 길을 나설 거야. 세상의 모든 하늘을 찍고 필름이 다 떨어지면 돌아와야지' 하는 낭만적인 꿈이라든가 '스무 살이 되면 인도로 배낭여행을 갈 거야. 뭔가 새로운 깨달음을 얻을 수 있을지도 몰라' 같은 야무진 계획까지. 간절한 소원은 이뤄진다고 했던가. 아니면 불굴의 의지 덕분이었을까. 실제로 나는 스무 살 때 내가 소원하던 형태의 여행을 두 달이나 해볼 수 있었다. 상상이 현실이 되는 경험은 정말이지 황홀했다. TV에서나 보던 이국적인 풍경이 내가 만지고 냄새 맡을 수 있는 한 공간에 펼쳐져 있다니. 두 달이라는 짧지 않은 시간 동안 인도 곳곳을 떠돌며, 이 행복한 시간이 영원히 계속되기를 간절히 꿈꿨다.

한 권의 여행을 덮는다는 것

그러나 여행은 결국 돌아오는 것이었다. 돌아오는 비행기 안, 멀어지는 뭄바이 시내를 바라보며 하염없이 흘리던 눈물을 기억한다. 영원히 끝나지 않을 것 같던 축제는 막을 내렸다. 현실에서는 여전히 같은 속도의 시간이 흐르고 있었다. 돌아왔으니 얼른 적응해야 했는데 그게 쉽지 않았다. 아니, 그러고 싶지 않았다.

인도에서 만났던 친구들과 계속 연락을 주고받았고, 인도에서 사 입었던 옷과 액세서리를 하고 다녔다. 맨바닥에 걸터앉기도 하고 우산도 없이 비를 맞거나 맨발로 걸어다니기도 했다. 여행이 끝났다는 것을 인정하고 싶지 않았던 어린 영혼의 방황이었다. 괴로운 한 학기를 보내고 다음 방학 때는 허겁지겁 유럽으로 떠났다. 그러면 뭘 하나. 결국 돌아와야 하는걸.

여행은 한 권의 책을 읽는 것과 똑같구나. 그런 생각을 하게 되면서 나는 조금씩 안정을 되찾아갔다. 책을 읽는 동안에는 내가 마치 주인공이라도 된 양 인물들의 감정을 공유하며 울고 웃는다. 상상조차 해보지 않았던 놀라운 세계를 만나기도 하고, 새로운 것을 배우기도 한다. 그러나 독자는 그저 읽는 사람일 뿐. 책 속에서 살아갈 수는 없다.

결국은 책을 덮고 나의 세상에서 살아가야 한다. 내 삶에 주어진 숙제를 하나씩 해나가는 것만큼 중요한 것은 없으니까. 여행도 마찬가지였다. 낯선 공간에서 자고 먹고 일상적인 생활을 하다보면 언제까지고 이렇게 살 수도 있을 것 같은 착각에 빠지기도 한다. 나에게는 환상이지만 그들에게는 그저 매일 반복되는 삶의 한 조각. 나에게는 한 폭의 예술이지만, 그들에게는 아무렇지도 않은 일상적인 풍경. 바꾸어 말하면, 이 멋진 여행이 일상이 되는 순간 그것은 결코 멋지지도 예술적이지도 않을 거라는 것.

감동적인 책을 읽고 먹먹한 가슴을 다독이며 책장을 덮는 마음처럼, 나는 여행을 하게 되었다. 한 달에 가까운 배낭여행을 매년 하고 있고, 적어도 일 년에 서너 번은 해외에 나간다. 습관적인 현실 도피를 일삼게 된 셈이다.

뭐 대단한 현실이라고 잠깐 도망치는 게 어떤가. 다시 돌아오겠지. 어차피 지어낸 얘기에 불과한 소설을 읽으며 감정을 쏟아내고 어차피 돌아올 여행에 돈과 시간과 마음을 쓰는 것. 아름답지 아니한가. 어차피 우리는 배고플 건데 매끼를 먹어대고, 결국 죽을 건데 살고 있지 않나. 그게 삶이잖아.

양곤, 미얀마

여행은 현실 도피? 그게 뭐 어때서

프랑스 미소년의 추억

여행의 무수한 장점 중 하나는 더 넓은 세계를 만나게 된다는 것이다. 스케일이 다른 거대한 자연, 사진으로 보던 것과는 차원이 다른 위대한 건축물, 상상으로도 만들어내기 힘든 아름다운 예술 작품들. 그러나 처음 해외여행을 시작할 때 나에게 가장 큰 충격으로 다가왔던 것은 다른 인종의 사람들이었다.

미남들의 세상에 가봤니

"눈이 어쩜 저렇게 크지? 눈동자 색깔은 어쩜 저래!"
"키 좀 봐, 다리 길이가 내 두 배는 되겠어."
"우와, 할리우드 배우를 닮은 것 같아!"

대한민국이라는 작은 아시아 국가에서 살아온 여자라면 공감할 것이다. 한국의 미남은 TV 안에만 존재하지만, 외국 미남은 길거리에 돌아다닌다는 걸. 세상은 넓고, 미남은 많다. 네덜란드 암스테르담을 여행할 때는 "익스큐즈 미" 하고 길을 물어볼 때마다 깜짝 놀랄 정도의 미남이 대답하는 통에 나도 모르게 숨을 헙, 하고 삼켜야 했다. 키는 또 어찌나 훤칠한지. 옆에 있던 남편이 "자기, 일부러 잘생긴 사람만 골라 말 거는 거 아냐?" 하고 질투할 정도였다. 영국 런던의 남자들은 스타일이 좋았다. 꽤 쌀쌀한 겨울 날씨였음에도 후줄근한 패딩 따위를 걸친 이가 없었다. 몸에 적절히 맞는 수트와 코트 차림. 머플러는 왜 그리 잘 어울리는지. 템즈 강변에서 긴 다리를 난간에 걸친 채 독서하던 청년도 잊을 수가 없다. 모델인가, 카메라가 어디 숨은 거 아냐? 하며 두리번거리기까지 했으니까.

이십대 초반, 처음 방콕에 갔을 때였다. 나이트라이프를 경험해보자며 클럽에 간 적이 있었다. 일행을 잃어버리고 혼자가 된 내게 누군가 말을 걸었는데 돌아본 순간 눈이 번쩍 뜨였다. 하얀 얼굴에 초롱초롱한 눈이 마치 일본 아이돌을 연상케 하는 태국 미소년이라니. "어디서 왔니? 몇 살이야?" 여자를 꾈 때나 내뱉는 평범한 질문에 일행이 있다는 말로 거절하긴 했지만 그의 얼굴에 눈길이 가는 건 어쩔 수 없었다.

린푸옥 사원, 베트남

나는 미남에 약하다. 자타가 공인하는 미모지상주의. 잘생긴 데다 보호본능까지 자극하는 곱상한 외모라면 더더욱 홀딱 반한다. 프랑스 워크캠프에서 만난 피에릭이 딱 그랬다. 전 세계 대학생들이 프랑스의 작은 시골마을에서 캠핑 생활을 하면서 지역 아동들과 다양한 프로그램을 운영하는 자리였다. 캠프에 방문한 피에릭을 처음 본 순간 나는 동화 속 백마 탄 주인공과 맞닥뜨린 기분이었다.

금발 머리에 청회색 눈동자, 희고 고운 살결. 열 살 나이에 미래가 기대되는 아름다운 미소년이었다. 피에릭은 영어를 전혀 할 줄 모르고 나는 프랑스어를 전혀 할 줄 몰랐지만 우리는 단짝처럼 붙어다녔다. 파티 때 같이 춤도 추고, 일을 할 때는 나를 도와주겠다며 그 작은 몸으로 벽돌도 날라주었다. 자기 전에는 손등에 굿나잇 키스까지. 일주일간의 캠프 생활 내내 황홀한 눈빛으로 그 아이를 바라봤던 기억이 난다.

이미 결혼을 해서 아줌마가 되어가는 나이에 이런 주책맞은 회상이라니. 그러나 아름다움을 향한 본능을 어찌 거스를 수 있단 말인가. 미소년 또한 여행하면서 만나는 무수한 아름다움 가운데 일부분일 뿐. 그나저나 피에릭은 잘 자랐을까. 이름 모를 동양인 누나를 기억이나 하고 있을까.

여느 여자아이들처럼 나도 한때는 드레스 입은 공주를 그리며 상상의 나래를 펼쳤고, 〈베르사유의 장미〉를 읽으며 오스칼에 열광했다. 화려한 궁전과 무도회, 눈부신 드레스, 공주와 왕자, 푸줏간과 소시지, 양치기와 푸른 초원……. 적어도 당신이 여자라면 이런 것들에 대한 환상을 한번쯤은 품어봤으리라.

내겐 너무 먼 유럽

나의 첫 유럽은 파리였다. 왜인지 모르게, 파리는 내게 유럽을 대표하는 도시였다. 에펠탑이라는 유명한 랜드마크 때문일까, 〈베르사유의 장미〉, 〈레미제라블〉 등등 문화의 영향을 많이 받아서일까.

한 달 일정으로 프랑스에 가서 일주일 정도 파리에서 혼자 머물렀고, 3주는 프랑스 남부 브줄이라는 작은 시골마을에서 워크캠프 생활을 했다. 당연히 에펠탑도 봤고, 센 강변도 거닐었고, 베르사유 궁전에도 가보고, 몽생미셸에도 가봤다. 프랑스 남부 시골에서는 넓은 초원에 누워 아이들과 키득거리기도 했다. 당연히 말은 안 통했지만 같이 체리를 따서 파이를 만들어 야외 화덕에 구워 먹기도 했다. 어찌 보면 평소 유럽에 대해 갖고 있었던 대부분의 로망을 실현한 셈이긴 한데 이상하게 재미가 없었다. TV 화면을 보는 것 같고 지루했다. 겉도는 기분에 자주 마음이 가라앉았다. 집에 가고 싶었다.

언어 탓이긴 하겠으나 사람들과도 친해지기가 어려웠다. 자꾸만 주눅이 들었다. 특히 프란체스코라는 이탈리아 놈은 어찌나 못되게 굴었는지 지금도 문득 떠오를 정도다.

결론적으로 나의 첫 유럽 여행은 별로 기억하고 싶지 않은 여행이 되었다. 바로 직전에 다녀온 인도 여행의 여운에서 벗어나지 못했던 탓도 있다. 어딜 가도 환영과 찬사를 한 몸에 받으며 처음 보자마자 "We are friends"를 외치던 능구렁이들과는 달리 유럽인들은 차갑고 도도했다. 하루 만 원이면 배터지게 먹고 노는 게 가능했던 인도 물가와 달리, 파리에서는 차갑고 딱딱한 바게트 샌드위치 하나로 하루를 버티기 일쑤였다.

당신의 첫 유럽은 어땠나요

프랑스 여행 이후로 나에게 유럽은 거리보다 심리적으로 더욱 먼 곳이 되었다. 다시 유럽 땅에 발을 디딘 것은 그로부터 약 15년이 지난 뒤였다. 그동안 나는 일본을 비롯해 동남아시아 대부분의 나라를 여행했고, 호주, 터키, 남미까지 다녀온 터였다. 굳이 유럽을 피했던 것은 아니지만 그저 내키지 않았을 따름이었다.

다시 유럽을 만난 순간

나의 두 번째 유럽은 스페인이었다. 그 전에 경유지였던 네덜란드 암스테르담에 도착했는데, 중앙역 앞의 새벽 풍경이 아직도 잊히지가 않는다. 고급 저택같이 생긴 고풍스러운 기차역 앞 광장과 반질반질 빛이 나는 벽돌길. 푸르스름한 새벽 공기는 노랗게 빛나는 가로등의 할로겐 불빛과 만나 오묘한 분위기를 만들어냈다. 조용히 흐르는 운하는 도시의 모든 길과 어우러졌고, 다닥다닥 붙은 유럽 특유의 예쁜 주택들은 아주 오래 그 자리에 있었던 듯 당연하고 익숙해 보였다. 아주 오랜만에 만난 유럽의 풍경은 진짜 예뻤다.

날이 밝고 일상이 시작되자 그 예쁜 풍경 속에서 살아가는 서양인들의 모습이 또 다른 느낌으로 내게 다가왔다. 물론 영화를 보는 것 같은 이질감은 예나 지금이나 다를 게 없었지만, 이

베로나, 이탈리아

제는 나이가 들어 좀 더 즐길 수 있게 된 걸까, 그냥 구경하는 것만으로도 즐거웠다. 사람들은 친절하고 여유로웠다. 문을 잡아줄 줄 알고, 사람이 길가에 서 있으면 차를 세웠다. 눈이 마주치면 웃으며 인사했고, 도움을 요청하면 귀 기울여 들어줬다. 어떤 이들은 인종차별을 겪기도 한다는데, 나는 그런 쪽에 무뎌서 그런지 배려를 더 많이 받은 느낌이었다.

스페인의 바르셀로나, 안달루시아 지방을 여행하며 놀라운 건축물과 문화예술의 세계를 영접한 뒤에는 사대주의마저 생길 지경이었다. 유럽은 인간의 위대함을 제대로 느낄 수 있는 땅이었다. 위대한 건축가, 화가, 문학가, 음악가들. 교과서나 영화에서 봤던 위인들이 머물던 카페, 살다가 죽은 집, 걷던 길이 눈앞에 있었다. 머나먼 이야기 같았던 우화, 문학, 역사의 흔적이 고스란히 펼쳐져 있었다.

그렇게 다시 유럽을 내 여행지 목록에 넣게 된 지 3년이 채 되지 않았다. 한 번에 한 나라, 많아야 두 나라 정도를 여행하는 습관 탓에 이후로도 영국 런던과 포르투갈, 이탈리아를 다녀온 게 전부다. 그렇게 여행을 많이 하는데도 지겹지 않냐는 질문에 '못 가본 나라가 얼마나 많은데!'라고 말할 수 있는 이유는 이제야 비로소 유럽의 도도하지만 매력적인 나라들과 서서히 친해져 가고 있기 때문이다. 삼십대 중반을 넘어선 지금에야 비로소.

오! 나의 젠틀맨

파리 행 비행기 안에서 나는 조금 흥분된 상태였다. 태어나 처음으로 '서양'이라 불리는 곳으로 떠나는 여행길은 유달리 설렜다. 영화에서 보던 낭만적인 명소들, 음악소리 같은 프랑스어, 멋쟁이 파리지엥……. 온갖 로맨틱한 환상이 스물한 살 소녀의 머릿속을 가득 채우고 있었다.

그런 나와 한 칸을 사이에 두고 프랑스인으로 보이는 노신사가 창가에 앉아 있었다. 하얗고 긴 수염에, 모자를 쓰고 있었던 것 같다. 책이나 영화에서 보던 '젠틀맨' 이미지 그대로였다. 짧은 영어로 인사를 하며 먼저 말을 건 것은 내가 그만큼 들떠 있었다는 얘기가 되겠다. 내가 프랑스에 사는지, 파리는 지금 날씨가 어떤지, 추천해줄 만한 곳이 있는지 시답잖은 질문을 던지자 그는 젠틀맨답게 친절하게 답해주었다. 동남아시아 지역 나라들과 무역업을 하고 있다는 그와 꽤 긴 시간 대화를 나누면서 더러는 못 알아듣는 말도 있었지만 그저 기분이 좋았다. 환상 속의 젠틀맨이 내 앞에 현현한 것만으로도 신기하고 감동적이었던, 철없던 스물한 살.

비행기가 파리 드골 공항에 도착했다. 노신사는 숙소까지 데려다주겠다고 제안했다. 친구가 차로 데리러 올 텐데 기다렸다가 같이 가자며 공항 안의 한 카페에서 카푸치노도 사주고 무슨 일이 생기면 꼭 전화하라며 명함도 줬다. 숙소에 가는 내내 지도를 보여주며 '우리 위치는 여기고, 이렇게 가고 있어'라고 친절한 설명도 잊지 않았다. 차 문을 열어줬고, 호스텔 로비까지 가방도 들어다줬다.

서양 스타일의 숙녀 대접이 이런 거구나! 태어나서 낯선 이에게 이런 친절을 받아본 적이 있었나. 현실감각이 없던 나는 어떻게 반응해야 할지 몰랐다. 그렇게 친절을 베풀고 홀연히 떠난 파리지앵 노신사. 그게 유럽에 대한 첫인상이었으니 출발은 대단히 훌륭했던 셈이다.

헤이, 젠틀맨

여행을 하다보면 다양한 문화를 접하게 되는데 그중 가장 낯설고도 신기했던 것 중 하나가 젠틀맨 문화였다. 물론 우리나라 남성들 중에도 상냥하고 친절한 이들이 있지만 내가 말하는 서양인들의 젠틀맨 문화는 단순히 여자에게 잘 보이기 위한 것이 아니다. 그보다 좀 더 뿌리 깊은 친절이라고 해야 하나. 주류 남성으로서 약자를 보호하고 지켜줘야 한다는 수호자 내지 파수꾼 느낌에 좀 더 가깝다.

물론 처음에는 이게 좀 헷갈리긴 한다. 영화에서 나올 법한 잘생긴 영국 사내가 친절을 베풀 땐 더더욱 그렇다. 인도 칠리카 호수 앞에서 만난 리처드가 그랬다. 브래드 피트를 닮은 외모에 키도 크고, 성격도 시원시원했다. 외국인이 거의 없는 지역이라 우리는 금세 친해졌고, 목적지도 같아서 여정을 함께하게 됐다. 배를 타고 가야 하는데 그 흔한 사다리도 없어 올라타기가 너무 힘들었다. 영차, 하고 바둥거리다 나가떨어지길 여러 번. 먼저 올라탄 리처드가 갑자기 뱃전에 배를 깔고 엎드리더니 긴 팔을 늘어뜨려 깍지를 끼고 발판을 만들어주었다. 밟고 올라오라는 거였다. 이미 내 신발은 진흙투성이라 난감해 하니 괜찮다며 환하게 웃어 보이기까지 했다. 결국 리처드의 손을 밟고, 그의 목을 잡고, 그의 몸에 올라타는 모양으로 배에 오를 수 있었다. 민망해 하는 와중에 리처드의 모자를 잘못 건드려 호수에 빠트리기까지 했다. 그는 짜증 한번 내질 않고 "내 팔이 얼마나 긴지 볼래?" 하더니 간단하게 모자를 건져올렸다. "쏘리"를 연발하는 내게 보란 듯이 물기를 쭈욱 짜더니 바로 모자를 꾸욱 쓰고 사람 좋게 웃어 보이는 이 멋진 남자!

이게 말이다. 절대 여자에게 잘 보이기 위한 친절이 아니라는 거다. 왜냐면 그 이후에 어떤 일도 일어나지 않았거든. 몸에 자연스럽게 밴 매너가 이 정도라니, 인류애가 절로 피어난다. 맹세컨대 그가 잘생겨서가 아니라고.

그들이 선물하는 설렘

남미 여행 때 만난 칠레 상남자의 경우가 그렇다. 몇 개월째 여러 나라를 넘나들며 여행을 하다 보니 장거리 버스를 타는 경우가 많았는데, 그때마다 자연스레 현지인들과 어우러지곤 했다. 그러나 곰만 한 덩치에 덥수룩한 수염, 산발한 머리에 게슴츠레한 눈빛의 칠레 남자가 두 자리를 다 차지한 채 좌석을 있는 대로 뒤로 젖혀놓은 경우라면 어떨까. 자연스레 불편함을 감수하게 되는 상황임에 분명하다. 하필 바로 뒷자리에 앉아 있던 나는 용기를 내어 말을 걸었다. "페르미소(실례합니다)"

소심하고 어색한 나의 스페인어에 사내의 반응은 좀 놀라웠다. 의자를 가리키며 당겨달라고 손짓하자 "씨(네)" 하고 대답하더니 신속하게 두 의자 모두 앞으로 최대한 당겨주었다. 고맙다는 인사에 부드러운 미소로 화답하기까지 했다. 순간 놀라운 마법이 일어났다. 큰 덩치에, 지저분하고, 무매너였던 마초 사나이가 순식간에 똑똑하고, 배려 있고, 이지적이기까지 한 신사로 변모한 것이다.

왜인지 그러한 사내의 반응은 나에게 낯선 것이었다. 우리나라의 대중교통에서 만났던 아저씨들은 다들 목소리가 크고 다리를 크게 벌리고, 조심성 없이 남의 자리를 침범하고도 미안하다는 사과를 하지 않았으니까. 불편한 상황에 대해 시정을 요구했을 때 오히려 불쾌감을 표시하는 경우를 더 많이 봐왔던지라 그 사내에게도 더욱 조심스러웠던 게 사실이었다.

다행히 사내는 영어가 수준급이었다. 당연하다는 듯이 상황을 바로잡은 그는 정중하게 사과했다. 낯선 곳에서 온 여행자를 관대하고 흐뭇한 눈빛으로 관찰하며 어디서 왔는지, 칠레 여행은 어땠는지를 물어오기도 했다. 풍경에 감탄하며 사진을 찍자 이런저런 설명도 해주었다. 칠레 비냐델마르에 산다는 그는 사업차 아르헨티나에 가는 길이라고 했다. 국경을 넘는 수속을 밟기 위해 잠깐 밖에서 대기할 때는 꽤 감동적인 기사도까지 보여주었다. 입고 있던 점퍼를 벗어 내 어깨에 걸쳐준 것이다. 그렇다. 그는 젠틀맨이었다!

목적지에 도착할 때까지 내 어깨엔 그의 따뜻한 온기가 닿아 있었다. "무챠스 그라시아스(대단히 고맙습니다)." 옷을 돌려주며 나는 인사를 건넸다. 사내는 찡긋, 사람 좋게 웃으며 떠나갔다. 이제와 고백하는데 그때 좀 설렜던 것 같다.

이런 기분 좋은 설렘은 아무리 자주 만나도 나쁠 게 없지 않은가. 불쾌한 일투성이인 우리 일상 속에서는 더더욱 말이다. 떨어뜨린 티슈를 주워들기 위해 뻗은 내 손을 만류하고 "숙녀는 이런 일을 하면 안 되죠"라며 대신 주워주던 부에노스아이레스 카페의 할아버지 웨이터, 버스를 타기 위해 달려오는 승객을 힐 끗 보고 담배를 피던 손을 우아하게 뻗어 버스 문이 다시 열리게 해주던 스페인의 젊은 남자. 고맙다는 인사에 그들은 말없이 찡 긋 웃었고, 그 미소에 나는 어김없이 설렜다.

이번엔 어떤 젠틀맨을 만나게 될까. 내가 여행을 떠나는 또 다른 이유다.

소녀, 길을 떠나다

해외여행에 한정하지 않는다면, 내 생애 첫 여행은 인도가 아니었다. 성인이 되어 처음 맞은 겨울, 무거운 배낭을 등에 지고, 부모님께 작별인사를 건넨 만 열아홉의 소녀는 그렇게 길을 떠났다.

낯선 곳을 향한 갈망

유례없이 추운 겨울이었다. 두꺼운 오리털 파카에 가방 하나를 멘 나는 홀로 가평행 시외버스에 몸을 실었다. 인천에서 상봉역까지 가는 데만 지하철로 두 시간이 넘게 걸렸고, 상봉터미널에서 가평 꽃동네행 버스를 타고 또 한참을 가야했으니 꽤 험난한 길이긴 했다.

그때 나는 겨울방학을 가평 꽃동네에서 보내기로 결심했다. 부모님의 허락을 받는 것은 생각보다 어렵지 않았다. "그래, 젊었을 땐 그런 고생도 해봐야 되는 거야." 무려 한 달씩이나 집을 떠나 봉사활동을 하겠다는 딸의 선언에 아버지는 단 한 마디 말로 흔쾌히 허락했다.

그렇게 오랫동안 아무 연고도 없는 곳에서 지내는 것은 태어나 처음 있는 일이었다. 솔직히 고백하면, 봉사활동은 핑계였다. 나를 알아보는 이 없는 낯선 곳이라면 그 어디라도 좋았다. 나를 구속하지 못해 안달인 가족들, 미안하고 답답한 마음만 한가득인 연인까지 모든 관계에 염증이 났다. 한편으로는 그런 내 자신이 밉고 짜증이 났다. 휴대폰도 들고 가지 않았다. 최소한 한 달 동안은 날 옭아매던 모든 인간관계로부터 벗어나 철저하게 혼자이고 싶었다. 정신이 쏙 빠지게 일하는 것으로 스스로를 학대하고도 싶었다. 어쩌면 약간은 중2병 같은 감상으로 떠났던 건지도 모르겠다.

또 다른 일상

"빌어먹을 힘만 있어도 주님의 은총입니다."

원장수녀님과 면담한 후 소임지로 배정받은 곳은 '사랑의 집'이었다. 정신장애, 지체장애, 호스피스 병동 등 장애 종류에 따라 환희의 집, 희망의 집, 평화의 집 등으로 건물이 나뉘어 있었는데, 사랑의 집은 일종의 부랑자 시설이었다. 거리에서 갈 곳을 잃은 사람들은 마음에 장애가 있는 사람, 육체적인 질병에 시달리는 사람, 겉보기엔 멀쩡해 보이는 사람 등으로 나뉘어 생활하고 있었다. 수녀님으로부터 개략적인 설명을 듣고 숙소를 배정받았다. 2층 침대가 2개씩 놓여 있는 장기봉사자 숙소에도 꽤 다양한 사람들이 모여 있었다.

일단 꽃동네에 들어서자 낯선 곳이 어쩌고저쩌고 하는 어쭙잖은 감상은 집어넣어야 했다. 한방을 쓰는 봉사자 언니들과 잘 지내야 했고, 매일 정해진 시간에 일어나 미사를 드려야 했으며, 식사시간에는 밥풀 한 톨 남기지 않도록 주의해서 먹어야 했다. 무엇보다 100명이 넘는 가족들의 이름을 외고 적응하는 것이 중요했다. 규칙적이고 바쁜 일상이었다. 꽃동네 가족들은 기본적으로 사랑을 갈구하는 사람들이었다. 거동을 못하는 마비 환자에게는 모든 밥과 반찬을 잘게 잘라 조심스럽게 먹여줘야 했고, 정해진 식사시간과 목욕시간에 100여 명이 빠짐없이 참석하도록 일일이 챙겨야 했다. 매일 세 번 엄청난 양의 약을 나눠주고 제대로 먹는지도 확인해야 했다. 비정기적으로 찾아오는 단기 봉사자들에게 할 일을 나누어주는 역할도, 일주일에 몇 번씩 환자들을

그라나다, 스페인

차에 태워 병원에 오가는 일도 내 몫이었다. 상태가 좀 나은 편인 가족들 여남은 명과 농구 경기를 관람하러 서울 나들이를 간 적도 있었다. 언제 어디로 튈지 모르는 가족들을 인솔해서 가는데 길거리에서 갑자기 바지를 내리고 소변을 봐서 엄청나게 당황했던, 아찔한 기억도 있다.

다른 세상 속의 나

율리아. 그들에게 불렸던 내 이름이다. 율리아, 율리아! 여기저기서 율리아를 찾아댔다. 약을 분류하거나 상태를 기록하기 위해 관리실에서 사무를 보고 있으면 수시로 가족들이 찾아와 어디가 아프다, 놀아달라, 뭐하냐 참견을 해댔다. 일이 없는 오후엔 누군가의 무릎을 베고 장난을 치기도 하고, 누군가는 내 머리를 빗어주겠다며 어설프게 묶어놓기도 했다. 바쁘고 또 바빴다. 내가 이전에 살던 세계가 그만 아득했다. 이들과 서로 보듬고 돌보면서 평생을 살아도 나쁘지 않겠다 싶었다.

한 숙소를 썼던 장기 봉사자 언니들과도 매일 밤 많은 대화를 나누며 우정을 쌓아갔다. 한 50대 언니는 벌써 몇 년째 봉사 중이었다. 이혼하고 수중에 택시비밖에 없을 때 절에 들어갈까, 꽃동네를 갈까 하다가 꽃동네에 왔다고 했다. 그런 말을 하면서도 평온하던 그 표정을 기억한다. 그걸 보면서 언젠가 인생이 나락으로 떨어졌을 때, 그런 나를 받아줄 곳이 세상 어딘가에 있다는 건 꽤 안심되는 일이겠구나 생각했다. 그런 곳이 이곳 사랑의 집이라면, 아무리 실패하더라도 사는 일이 무섭지는 않겠다 싶었다.

매일 정해진 일과가 있었고, 매주 병원 스케줄, 다양한 이벤트 등 해야 할 일이 많았지만 지루한 적은 단 한번도 없었다. 수녀님의 추천으로 성소자 피정을 다녀오느라 폭설을 뚫고 충북 음성에 가다가 시골 버스터미널에 잠시 고립되기도 했다. 나무로 불을 떼는 오래된 난로에 몸을 녹이다 히치하이킹으로 가까스로 곤경을 벗어났던 기억. 그 모든 일이 열아홉 소녀에게는 두근대는 모험의 연속이었다.

마치 꿈 같았던 겨울이었다. 세상 밖의 내가 진짜인지, 꽃동네의 율리아가 진짜인지 나중에는 헷갈릴 지경이었다. 그럼에도 불구하고 이상하게 살아갈 힘이 생겼다. 진짜 나로 살아갈 자신. 나는 다시 세상으로 돌아가기로 했다.

눈길

지금도 눈을 감으면 마지막 날의 풍경이 선명하게 떠오른다. 가족들과 작별 인사를 하고 눈가가 잔뜩 붉어진 채 인사를 하

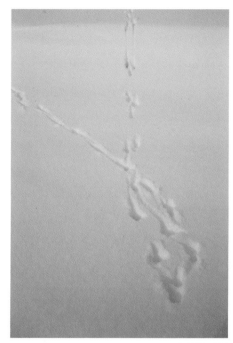

홋카이도, 일본

러 온 나를 베드로 수녀님은 꼭 안아주었다. 그러고는 "이건 사랑의 집 가족이 만들어준 건데…"하며 하얀 종이를 접어서 만든 30cm 높이의 커다란 학 인형을 선물로 주셨다.

꾸벅 인사를 하고 건물 밖을 나오니 한 시간여 만에 눈이 곱게 쌓여 있었다. 눈은 그쳤지만 간간히 흩날리는 서리가 공기 중에 반짝였다. 바람소리 외에는 아무 소리도 들리지 않는 그 외딴 곳에서 나는 오롯이 혼자였으나 외롭지 않았다. 터질 것 같은 가슴을 다독이며 숨을 크게 몰아쉬었다. 하얀 입김이 하늘 위로 몽글몽글 피어올랐다.

버스 정류장까지 이어지는 길고 긴 내리막길. 아무도 없는 길 위엔 나의 발자국만이 길고 외롭게 찍혀 있었다. 가슴에 하얀 종이학 인형을 끌어안고 눈물을 뚝뚝 흘리며 걸음을 옮길 때마다 뽀독뽀독 눈 밟는 소리가 들썩이는 작은 어깨를 다독여주는 듯했다. 그때의 벅찬 기분은 지금도 말로 설명하기 어렵다. 슬프고, 기쁘고, 행복하고, 먹먹하고, 아름답고, 감동적인…… 세상에 존재하는 모든 감정을 한꺼번에 느꼈던 순간.

첫 방랑은 그렇게 끝이 났다. 거기서 얻은 알량한 용기로, 나는 아주 조금 더 컸다.

나 홀로 여수 밤바다

홀쩍 떠난다는 것. 게다가 아무 계획도 없이 혼자서. 막연한 두려움이나 동경의 대상이 되는 여행 방식이다. 실상은 딱히 낭만적일 것도 없기 마련이지만, 인생에 한 번 정도는 이런 여행을 하지 않고서는 견딜 수 없는 그런 때가 있지 않던가.

Midnight, 여수행 야간열차

자정이 가까워오는 시간. 나는 서울역에서 전광판을 바라보며 서 있었다. 심야에 출발하는 장항선 열차는 만원이었다. 당장 열차에 몸을 싣지 않으면 안 될 것 같은 심정이었던 스물네 살의 나는 입석으로 새벽기차에 올랐다.

때는 겨울이었고 추웠다. 책을 깔고 출입문 앞 계단에 쪼그리고 앉아 새벽 내내 떨었다. 대전 역까지 왔을 때 그제야 생긴 빈자리에 자리를 잡고 하염없이 잠에 빠져들었다.

얼마나 잤을까. 종점을 알리는 안내 방송에 게슴츠레 눈을 떴다. 기관장의 센스였나. 이글스의 음악이 흘러나오고 있었다. 한두 곡이 지나고 내가 가장 좋아하는 노래 중 하나인 'The sad cafe'가 나왔다. 열차는 다리 위를 달리고 있었는데, 창밖으로 어렴풋이 안쪽으로 약간의 커브를 도는 열차의 앞머리가 보였다. 어두운 새벽 속을 하염없이 유영하는 은하철도 같아서 이게 꿈인지 현실인지 헷갈릴 정도로 몽환적이었다. 잠에 취한 건지, 음악에 취한 건지, 창밖 풍경에 취한 건지 나는 멍하니 의자에 파묻혀 정신을 놓고 있었다.

새벽 네 시, 어디로 가야 하죠

이윽고 여수역에 도착해 밖에 나왔을 때는 새벽 4시 반이었다. 무작정 떠나온 이가 생전 처음 와본 도시에서 갈 곳이 있을 리 없었다. 밖은 너무 어둡고 추웠으며 난 배고프고 졸리고 피곤했다. 무작정 택시를 탔다.

"아무 데나 문 연 식당에 데려다주세요."

새벽 다섯 시에 문 연 해장국집에서는 낚시를 다녀온 아저씨들이 손맛에 대해 열변을 토하는 중이었다. 쭈뼛대며 좌식 테이블에 앉아 뼈다귀 해장국 한 그릇을 주문했다. 졸리고 피곤한 탓인지 배고픈 것에 비해 음식이 잘 넘어가지 않았다. 꾸역꾸역 식사를 다 했는데도 여전히 밖은 어두웠다. 그리고 여전히 난 어디로 가야 할지 몰랐다.

펼쳐든 지도에서 돌산대교가 문득 눈에 들어왔다. 현재 위치에서 그리 멀지 않은 곳에 있었다. 돌산대교를 건너면 향일암으로 가는 버스를 탈 수 있다고 했다. 야경이 멋지다고 하니 새벽의 돌산대교도 나쁘진 않을 거라는 안일한 생각은 다리 초입에서부터 후회로 바뀌었다. 12월 겨울바다의 칼바람은 실연의 상처를 안은 채 홀로 다리 위에 서 있는 위태로운 스물네 살 여자애를 봐주는 법이 없었다.

화려한 조명을 바라보며 여수 밤바다의 우수를 즐기는 것은 이미 물 건너갔고 '이놈의 다리 건너고 만다'는 오기로 파카의 옷깃을 여몄다. 마음속은 '내가 미쳤지, 이 새벽에 낯선 도시에서 이게 무슨 황당한 짓거리야, 애초에 여긴 왜 온 거야, 가까운 바다도 많은데…' 하는 엄청난 투덜거림으로 도배되어 있었다. 맹세하는데, 슬퍼서가 아니라 춥고 짜증에 겨워 눈물이 났다.

버스 정류장에서도 한참을 기다린 후에야 첫차를 탈 수 있었다. 물론 버스 안에서는 다시 미친 듯이 잠에 빠져들었다. 꽁꽁

언 몸이 일시에 풀리는 듯했다. 향일암 가는 길은 꽤 먼 듯했다. 버스는 계속 어딘가를 뱅뱅 돌고 있거나 오르막길을 힘겹게 오르는 중이었다.

자다 깨다를 정신없이 반복하고 있는데 창밖으로 은은하게 해가 떠오르는 게 느껴졌다. 잠에 취해 보는 일출엔 특별한 묘미가 있음을 그때 알았다. 내가 본 게 일출이 맞다면, 우리나라에서 가장 아름다운 일출은 남해에 있다. 연보랏빛과 노란빛, 붉은빛이 우아하게 뒤섞이는 듯하더니 새빨갛게 돌변하다가 은은한 운무를 내보냈다. 24년 평생 그렇게 아름다운 광경은 처음이었다.

동틀 녘, 그제야 제대로 마주한 여수 앞바다

버스에서 내리니 비로소 아침이었다. 긴 밤이었다. 묵묵히 향일암에 올랐다. 계단이 무지 많았다. 은근히 사람도 많았다. 해를 향해 지은 절. 향일암이란 이름부터 내 마음에 쏙 들었다. 바위와 나무를 그대로 품은 채 지어올린 소박한 절. 간소했지만 주위의 산과 바다, 태양마저도 모두 절의 일부 같아 웅대해 보이기까지 했다.

절을 등지고 바다를 바라보니 그제야 여수 앞바다가 제대로 보였다. 에메랄드빛 바다는 아침 햇빛을 받아 더욱 눈부셨다.

코스타노바, 포르투갈

맹세하는데, 외로워서가 아니라 너무 아름다워서 눈물이 났다. 혼자 여행 다니는 처녀가 훌쩍이는 모습만큼 청승맞은 장면은 없으므로 서둘러 눈물을 닦고 절을 두루 구경하고 내려왔다.

다시 할 게 사라졌다. 계획 없이 내려온 여행이 그렇지 뭐. 아침 8시도 되기 전에 너무도 많은 일을 겪었는데 그걸 말할 사람도 없었다. 혼자 하는 여행이 그렇지 뭐.

그렇다고 불평할 수는 없다. 내가 선택한 여행이니까. 혼자 하는 여행의 가장 큰 장점은 역시 자유. 내가 먹고 싶은 거 먹고, 자고 싶을 때 자고, 보고 싶은 거 볼 수 있다. 이 상태에서 내게 가장 필요한 것은 쉼이었다.

정오의 인사, 바다와 독대하다

향일암을 내려와 눈에 가장 먼저 뜨인 민박집에 들어갔다. 인심 좋게 생긴 할머니가 푸근하게 맞아주셨다. 손님이 별로 없어 방이 냉골이라며 이불을 깔아놓은 거실에서 몸을 녹이라고 했다. 아랫목에 손을 집어넣고 할머니랑 같이 아침 드라마를 보다 꾸벅꾸벅 졸았더니 할머니가 좀 자라며 이불을 덮어주었다. 그럴까요? 낯선 할머니의 손길을 느끼며 그대로 오전 내내 잤다.

점심때쯤 비척비척 일어나 할머니께 점심을 부탁했다. 뜨끈한 된장찌개와 돌산 갓김치를 게 눈 감추듯 먹어치웠다. 오후에는 뭘 해야 하나 고민하다가 금오산에 올라갔다. 그리 높지는 않았으나 바위가 많아 힘들었다. 따뜻한 한낮의 햇살에 바위가 적당히 데워져 있었다. 비스듬한 바위 위에 누워서 눈앞에 펼쳐진 바다를 한동안 바라보고 있었다. 가끔가다 배가 지나갈 뿐 가없이 펼쳐진 바다 풍경에 가슴이 먹먹했다. 바다가 초록색이라는 걸 처음 알았다. 혼자 조용히 앉아 바다와 독대하고 있으려니 온 바다가 다 내 것 같았다.

괴로운 연애는 좋나고, 대학은 졸업할 때가 됐고, 취업은 안되고……. 도무지 되는 일이 없는 내 인생이 감당이 안 되던 때였다. 너무도 엉망진창이라서 뭐부터 손을 대야 할지 가늠조차 되지 않았다. 그래서 무작정 떠난 여행이었다.

여행이 즐거웠다고는 말 못하겠다. 하지만 적어도 나를 괴롭히던 수많은 기억과 고통은 여수에 있는 동안 깡그리 다 사라졌다. 새벽 4시에 여수역 앞에서 망연자실해 있는 나, 돌산대교 위에서 칼바람을 맞으며 이를 부득부득 가는 나, 아름다운 일출에도 잠에 취해 눈을 못 뜨던 나. 주위에 둘러싼 괴로운 상황들은 모두 희미하게 사라지고 그런 나 자신만 온전히 남아 있었다.

사서 하는 고생의 묘미

여행이란 무엇일까. 왜 여행을 하려고 할까. 틈만 나면 여행을 떠나고 싶어 하는 나 자신에게 수없이 되물었던 질문. 특히 이런 순간이라면 더더욱 그렇다.

내가 선택한 고난

피부가 익을 것 같은 뜨거운 햇볕. 땀으로 불쾌하게 흠뻑 젖은 옷. 말레이시아 쿠알라룸푸르였을 거다. 무더위에 길을 나선 지 두 시간 만에 체력은 동나고, 거리는 엄청난 인파로 혼잡하기 그지없었다. 택시는 잡히지 않고, 전철역을 겨우 찾아갔더니 마침 정전이란다. 울며 겨자 먹기로 한 시간 거리를 걸어가야 했던 기억. 그래서 호텔의 에어컨 바람은 천국이었나.

　　다음 도시인 말라카는 기대했던 것보다 예쁘지 않았다. 적나라하게 표현하자면 진하게 화장한 평범녀 같은 느낌이었다. 지저분한 골목, 제멋대로 지은 건물들보다도 형광색으로 오리고 붙인 과한 장식들이 더 마음에 들지 않았다. 야시장은 속 빈 강정 같았다. 동남아 어딜 가도 파는 비슷비슷한 물건들과 쏟아지는 사람들……. 영혼 없이 거닐던 중 갑자기 스콜이 닥쳤다. 어마어마한 기세로 쏟아지는 비를 피해 불쑥 들어선 바. 우리처럼 비를 피해 들어온 외국인들로 바는 북적북적했다. 맥주 한 잔을 시키고 미친 듯이 쏟아붓는 스크린을 보듯이 바라봤다. 빗소리, 정체 모를 이국적인 냄새, 열정적으로 자기들만의 언어로 말하는 외국인들……. 시원한 맥주 한 모금이 식도를 따라 내려가며 온몸의 기운을 청량하게 깨워줬다. 낯선 도시의 낯선 순간. 다시 오지 않을 인생의 시간을 무심코 목격한 순간. 그 찰나의 감동.

　　여행을 미리 준비하고 공부하지 않는 이상 여행에서 만나게 되는 어떠한 변수나 시행착오에 불평할 수는 없다. 말레이시아에서 싱가포르로 넘어가는 버스를 타려고 터미널까지 찾아간 건 좋았는데, 대부분 승차권을 미리 인터넷으로 예매해둔다는 것을 그제야 알게 됐다. 국경을 넘는 시간은 3시간이 채 안 걸리는데 나처럼 준비성 없는 사람은 5시간이나 기다려 버스를 타야 했다. 누구 탓을 하겠나. 묵묵히 표를 사고 5시간을 무난하게 기다

바투 동굴, 말레이시아

릴 수 있는 공간을 확보하는 게 급선무였다. 다행히 우리는 인터넷이 빠른 맥도날드를 찾아냈고, 밀린 일도 하고 루트 정리도 하면서 나름 알차게 시간을 보냈다.

왜 사서 고생일까

여행을 하면서 이런 질문을 한 번쯤 안 해봤을 리 없다. 돈과 시간을 써 가면서 마냥 즐겁지만은 않은 자신을 발견할 때. 함께 여행을 떠난 이들과 삐걱거릴 때. 내 욕구를 누르고 양보해야 할 때. 체력의 한계를 극복해야 할 때. 아프고 피곤해서 아무것도 하기 싫을 때. 오늘 하루 어딜 가고, 뭘 보고, 뭘 먹을지를 결정하는 일이 진짜 마냥 '일'처럼 여겨질 때. 헤아리자면 끝도 없다.

그러나 이러한 질문은 삶의 어느 곳에서나 맞닥뜨리게 마련이다. 나는 왜 살까. 왜 이 일을 선택했을까. 왜 오랫동안 이 모양 이 꼴일까. 답을 찾기 위해 온 세상을 떠돌아도 아마 우리는 해답을 찾을 수 없을 것이다. 답이 없는 질문들이니까.

그래도 괜찮다. 스스로에게 질문하게 하는 삶은 나쁘지 않다. 늘 깨어 있게 만드니까. 어쩌면 그게 우리가 여행을 하는 진짜 이유가 아닐까. 깨어 있고 싶어서. 우리가 기꺼이 사서 고생하는 이유이다.

사서 하는 고생의 묘미

모레노 빙하, 아르헨티나

우리는 언제나 여행자

비엔티안, 라오스

나의 곁에는

지난 여행들을 돌이켜보았을 때 좋은 기억으로 남는 여행은 둘 중 하나다. 여행지가 좋았거나, 함께 여행한 사람이 좋았거나.

첫 번째 여행을 함께한 사람들은 처음 만난 친구들이었다. 성격 좋고 무던한 1살 많은 언니와 똑똑하고 역시 무던한 동갑내기 여자애. 만나고 보니 공통점이 많았다. 비슷한 나이, 수더분하고 느긋한 성격, 지역은 다르지만 어찌됐든 대학생.

우리들은 아주 오래 알고 지낸 것처럼 한 침대에서 자고, 함께 샤워를 하고, 밥을 지어먹고, 서로의 짐을 들어줬다. 인도라는 여행지의 특성상 열악한 조건에서 긴 일정을 함께해야 했기에 일행과의 사이가 틀어지는 일은 다반사였다. 죽고 못 살던 연인 사이도, 10년지기 절친도 냉랭해지거나 철천지원수가 되기도 했다. 그걸 보며 우리는 애초에 우리가 얼마나 닮은 사람들이었는지를 까맣게 잊고서 이렇게 말하곤 했다.

"아예 우리처럼 모르는 사람들끼리 동행하는 게 나은 걸지도 몰라."

혼자, 홀로

처음 만난 친구들과 두 달이나 되는 기간 동안 무난한 여행을 끝내고 자신감이 붙었던 걸까. 다음 여행에서는 자신만만하게 홀로 태국과 프랑스로 떠났다. 친구가 필요하면 게스트하우스에서 아무에게나 말을 걸었고 여의치 않으면 혼자 다녔다. 태국 왕궁에서는 역시 혼자 다니는 영국 남자애에게 먼저 말을 걸고 데이트 신청 비슷한 걸 받기도 했다. 그러나 문제는 짧은 영어. 이어진 저녁식사에서는 침묵만 계속되어 괴로웠다. 말이 통하지 않는 대상과는 식사조차 즐거울 수 없다는 걸 절절하게 깨달은 순간.

베스트 프렌드

내가 세상에서 제일 좋아하는 친구가 있다. 초등학교 때 친구인 윤정이다. 그 아이와 함께라면 무엇을 해도 즐거웠으므로 여행도 그럴 것이라 생각했다. 스물일곱이었나 여덟이었나. 직장을 그만둘까 고민하는 윤정이를 꾀어 함께 호주 여행을 가기로 했다. 나도 다니던 회사에 휴직계를 냈다. 금방이라도 그만둘 것처럼 얘기하던 윤정이는 그만두는 날짜를 차일피일 미루더니 결국 출국하기 전날까지 회사에 매여 있었다. 일본과 호주가 여행지였는데, 일본에서 친구의 컨디션은 말이 아니었다. 완전 녹초가 되어 무엇을 봐도 심드렁하니 어떠한 느낌도 받지 못하는 듯했다. 혼자서 여행의 모든 것을 준비하고 진행했던 나도 어느 순간 지쳐갔다. 마치 내가 그 애의 가이드가 된 것 같은 기분이었다. 나는 곧 아무리 친한 친구라도 내 맘 같을 순 없다는 걸 깨닫고 인정해야만 했다. 내가 내 몫의 힘듦이 있듯, 그 애도 마찬가지라는 걸.

윤정이는 나중에 그 여행을 '좋긴 좋았지만 너무 힘들었던 여행'이라 회고하곤 했다. 내가 패키지 여행을 싫어하는 것처럼 그 애도 그 여행 때문에 자유여행을 꺼려하게 되었달까.

엄마

스무 살이 되자마자 방랑벽이 도져 세계를 누비고 다닌 딸과 대조적으로, 여행은커녕 외출도 자유롭지 못한 엄마를 생각할 때마다 늘 가슴 한편이 무거웠다. 죄책감이라 해야 할지, 안쓰러움이라 해야 할지 모를 복잡한 감정은 아마 대한민국에서 맏딸로 태어난 이라면 누구나 느껴봤을 것이다.

결혼 후 처음으로 엄마와 단둘이 여행을 떠났다. 부산 해운대 앞에 있는 럭셔리 호텔을 잡고 바다를 보며 노천 온천을 즐겼다. 1박 2일의 짧은 여행이었지만 충분히 좋은 추억이었다. 엄마 회갑 때는 무려 2주나 되는 유럽 여행에 도전했다. 많이 걷고, 입에 맞지 않는 음식을 먹느라 고생했지만 피렌체의 베키오 다리 위를, 베네치아의 좁은 골목 사이를 우리 모녀는 두 손 꼭 잡고 함께 걸었다. 완벽한 여행의 충분조건은 때로 그것뿐이다.

남편

내게 결혼은 곧 자유였다. 여행을 갈 때마다 허락을 받느라 늘 눈치보고 마음 졸여야 했던 날들의 종말을 의미했다. 그러기 위해 해결해야 할 선행조건이 있었으니, 바로 '남편도 여행에 호의적인 사람일 것'. 다행인지 불행인지 남편은 30년 넘게 해외여행은커녕 여권도 만들어본 적이 없는 사람이었다. 처음으로 세상에 발을 딛고 걸음마를 시작하는 어린아이를 다루는 것처럼, 나는 신중하게 신혼여행 계획을 짰다. 다 커버린 어린아이가 긍성적인 컬처쇼크를 받아들일 수 있도록. 그 결과는? 우리는 매년 두 세 번의 해외여행을 따로 또 같이 즐기고 있다.

홋카이도, 일본

사랑하는 사람과 세계일주하기

나의 오랜 꿈 중 하나인 사랑하는 사람과 세계일주를 하는 것이다. 그게 내가 상상할 수 있는, 가장 이상적인 '인생의 절정'이었다. 그러나 진정으로 사랑하는 사람을 만나는 것도 쉬운 일이 아니고 세계일주를 한다는 것도 여간 힘든 일이 아닌데, 그 두 가지를 한번에 이루려고 했으니 될 리가 있나. 결론부터 얘기하면 이 꿈은 아직 이뤄지지 않았다.

꿈과 현실 사이

물론 시도도 안 해보고 포기한 건 아니다. 천만다행으로 적절한 나이에 사랑하는 사람을 만났다. 이제 세계일주만 하면 되겠구나 생각했다. 그런데 어떻게? 얼른 생각나는 것은 역시 돈 문제였다.

"우리 결혼과 동시에 세계일주를 가려면 각자 최소 2천만 원씩은 모아야 돼. 매달 적금 붓자."

나의 사랑하는 사람은 해외여행에 대한 개념이 전혀 없는 사람이었으나 나에 대한 사랑만큼은 충만해서 내가 뭘 조르더라도 오케이 해주었다. 문제는 언제나 그랬듯 실행 가능성. 당시 그는 변변한 직업도 없고 적금은커녕 생활비도 없어 내게 돈을 꿀 정도로 가난했다. 그의 마음이 얼마나 굴뚝같은지 알고 있으니 '왜 함께 세계일주를 가겠다는 약속을 지키지 않느냐?'는 타박은 할 수 없었다.

세계일주를 갈 수 없는 이유는 돈뿐만이 아니었다. 두 번째 장애물은 바로 시간이었다. 당시 나는 이십대의 끝자락에 서 있었고, 양가에서는 결혼에 대한 압박을 해오기 시작했다. 떠밀리듯 결혼하긴 싫었지만 딱히 결혼할 수 없는 이유가 있는 것도 아니어서 '어어' 하다 보니 어느새 상견례도 하고 결혼 날짜도 잡게 되었다.

'아, 내 꿈은 신혼여행으로 세계일주를 하는 거였는데…'

수많은 꿈 많은 소녀들이 결혼과 동시에 현실을 마주하게 된다. 그건 곧 '꿈을 이룰 수 없다'와 같은 말이다. 서른을 코앞에 두고, 나 또한 그러한 현실을 받아들이지 않을 재간이 없었다. 대

양곤, 미얀마

신 신혼여행만큼은 내 뜻대로 가겠다고 선언했다. 돈은 없지만 착한 나의 사랑하는 사람은 역시나 내 맘대로 다 하라며 순진한 눈망울을 빛냈다. 그렇게 우리는 조금 이상한 허니문을 떠났다.

그에겐 처음

남편에게는 허니문이 첫 해외여행이었다. 삼십대 중반을 바라보는 나이에 첫 여권을 받고 두근두근 하는 모습이 귀여웠다.

"나 여행 많이 한 거 알지? 나만 믿어."

남편은 눈을 반짝이며 내 말에 고개를 끄덕였다. 아무것도 모르는 그를 위해 파타야 허니문 패키지로 달콤한 여행을 시작했다. 현지인 기사 한 명과 한국인 가이드가 우리를 바닷가에도 데려다주고 무슨 농장에도 데려다주고 식당에도 데려다줬다. 사진도 찍고 물놀이도 하고 딱 허니문다운 나날들. 고급 리조트에서 3박 4일을 보낸 이후, 진짜 여행이 시작되었다.

방콕 수완나품 공항에서 가이드와 헤어진 후 우리는 치앙마이로 가는 비행기를 탔다. 휴양지의 고급 리조트만 못하긴 했지만 숙소도 그럭저럭 괜찮았다. 둘이서 자유롭게 치앙마이 시내를 누볐다. 시장 구경도 하고 길거리 음식도 사먹고 정글트레킹도 하고 고산족 마을에 가서 하룻밤 묵기도 했다. 태국과 라오스

국경을 배로 넘었고, 1박 2일 동안 슬로보트를 타고 메콩강을 하염없이 바라보기도 했다.

라오스에서는 문을 두드려가면서 저렴한 숙소를 직접 찾아다녔다. 로컬 식당의 어떤 메뉴도 우리 입에 딱 맞았다. 자전거를 타고 루앙프라방의 탁 트인 도로를 누볐다. 야간버스를 타고 라오스의 굴곡진 길을 밤새 달리며 자다 깨다 별을 보다 대화를 나누었다. 그렇게 한 달여가 지나 우리는 돌아가는 비행기를 타기 위해 다시 방콕으로 돌아왔고, 그때쯤 남편에게서는 그럴싸한 여행자 포스가 풍겼다.

우리의 여행은 계속될 거야

한 달이라는, 신혼여행치고는 조금 긴 일정을 마치고 우리는 돌아왔다. 진짜 부부가 되어서. 물론 나의 세계일주에 대한 열망을 잠재우기엔 아주 많이 모자라지만, 신생아나 다름없던 남편의 여행자 본능을 일깨워준 것으로 만족했다. 다소 긴 여행이었지만 일상으로의 흡수는 예상했던 것보다 훨씬 빨랐다. 정신없이 일하고 생활하면서 신혼의 시간은 빠르게 흘러갔다. 그 와중에도 우리는 자주 여행을 이야기했다. 여행 가고 싶다, 다음에는 어딜 갈까. 그래, 어쩌면 세계일주를 나눠서 하는 것도 나쁘지 않을 거

야. 삶의 절정을 여러 번으로 나눠서 즐기자. 우리는 캄보디아, 미
얀마, 베트남, 싱가포르, 말레이시아, 대만을 거쳐 터키, 네덜란드,
스페인, 포르투갈, 런던으로 진출했다.

그렇게 우리의 세계일주는 아주 천천히, 일상과 섞여 진행
되고 있다. 세계 곳곳을 웬만큼 돌아봤을 즈음에 우리 나이가 얼
마나 될는지 예상도 못하겠다. 우리의 여행이 언제쯤 끝날지 나
는 아직도 알지 못하겠다.

나는 여행 준비를 거의 안 한다. 아는 만큼 보이는 법이라는 말에 어느 정도 동의하지만, 보이는 것을 따라가는 여행도 나쁘지 않다고 생각하는 편이다. 여행지에 가기 전 내가 하는 준비라고는 항공권과 첫 숙소, 그리고 대략의 루트다.

여장부는 용감하다

첫 숙소마저도 정해놓지 않고 떠날 때도 있다. 남편과 함께 떠난 베트남 여행이었을 것이다. 호치민으로 들어가 해안 도시들을 거쳐 하노이에서 출국하는 보름간의 배낭여행. 늘 그랬듯 남편은 내게 모든 것을 의지한 채 무구했고, 나 또한 비행기 타기 직전까지 바쁜 일을 처리하느라 여행에 설렐 여유가 없었다. 정신차려보니 출국 하루 전. 짐도 안 쌌고 첫날 어디에 묵을지 생각도 안 했다. 유심칩이라든지 데이터 로밍 준비는 턱도 없었다. 내가 생각해도 나 자신이 참 어이없을 정도로 대책 없는 와중에 아무것도 모르는 남편은 나만 바라보고 있었다. 그러나 여장부는 불안을 내색하지 않는 법. 내가 아는 건 호치민 데탐로드에 저렴한 여행자 숙소가 몰려 있다는 것이었다.

"플리즈 고 투 데탐로드."

공항에서 나와 망설임 없이 택시기사에게 이렇게 말했지만 돌아오는 대답은 숙소가 어디냐는 것. 내가 그걸 어찌 아나.

"아이 돈트 노우. 저스트 데탐로드 애니웨얼 이즈 오케이."

그리고 살짝 불안해 하는 남편을 이렇게 안심시켰다.

"택시에서 내려서 처음 만나는 삐끼에게 운명을 걸어보는 것도 나쁘지 않아."

내가 이렇게 준비성 없는 여행을 하게 된 데엔 딱히 신념이나 여행 철학이 있어서가 아니다. 쉽게 말해 버릇을 잘못들인 거다. 첫 여행지였던 인도는 어떤 계획이나 일정표도 무의미하게 만들어버리는 곳이었다. 약속은 어기라고 있는 거고, 계획은 무너뜨리라고 세우는 거였다. 어이없는 거짓말, 눈에 빤히 보이는 속임수에 정신이 붕괴되지 않으려면 우리도 거기에 동화되어야 했으니까.

대책 없이 여행하는 자의 변명

나중에는 2시에 도착하기로 한 버스가 5시에 와도 이러는 지경에 다다랐다.

"와, 3시간밖에 안 늦었다."

"그러게 오늘 안엔 못갈 줄 알았는데."

정당하게 지불한 좌석표를 들고 기차에 탔는데, 아예 자리 자체가 없어도(그러니까 우리는 8호차에 탑승해야 하는데 이놈의 기차가 1-3호차까지만 온 적이 있었다) 이런 자세를 견지할 수 있게 되었달까.

"바닥에 앉아 가면 돼. 그래도 기차가 와준 게 어디야."

오늘 할 일이 내일로 미뤄지는 일이 다반사고, 예상치 못한 사건사고로 당장 내일이 어떻게 될지도 모르는 마당에 계획을 세워 무엇하랴. 그럼에도 여행은 계속 이어지더라는 것이다. 비어 있는 시간은 채워지고, 즐거운 일, 신나는 일은 끊임없이 벌어진다. 그런 여행의 묘미를 알아버린 이상 모든 스케줄을 꽉꽉 채우고 마치 임무 완수하듯 해치우는 일은 내게 못할 노릇이 되어버렸다.

행운은 우리의 편

물론 이러한 대책 없음이 어디에서나 통하는 것은 아니다.

가끔은 행운이나 귀인을 기대해야 할 때도 있다. 역시나 아무런 준비 없이 떠난 터키 여행. 무려 한 달이나 되는 일정이었다. 당시에도 출국 몇 시간 전에야 마감 원고를 보내고 부랴부랴 가방을 쌌을 정도로 준비가 부족했다.

첫 도시였던 이스탄불에서는 시행착오에 기운을 다 뺐다. 새벽 비행기로 도착했는데 지하철 운행 시간을 잘못 알아서 추운 데서 덜덜 떨어야 했고, 여행책에서 본 교통카드를 판매하는 곳을 못 찾고 일회용 토큰을 사느라 괜한 낭비를 하기도 했다.

처음 찾아 들어간 숙소는 비싼 가격에 비해 시설이 형편없었다. 적당한 가격의 숙소를 찾기가 그렇게 어려울 줄이야. 인터넷에서 추천하는 숙소들은 모두 만원이었고, 혹시 몰라 불쑥 들어가본 숙소들은 어이없을 정도로 비쌌다. 결국 숙소를 구하느라 여행지에서의 아까운 하루를 통째로 날려버리고 말았다.

날씨는 왜 그렇게 덥고, 물가는 또 왜 그렇게 비싸던지. 모든 것이 예상과 달랐고 나는 조금씩 지쳐갔다. 무구한 남편은 역시 내 눈치만 보며 지친 걸음을 옮길 뿐. 그렇게 며칠을 허비하고 나니 앞으로 남은 일정이 조금씩 두려워지기 시작했다.

술탄아흐멧 근처를 터덜터덜 걸어가던 그 순간에도 우리는 많이 지친 상태였다. 다음 도시로 가는 버스편이나 알아볼까 싶어 무심코 들어간 로컬 여행사. 우리는 거기서 귀인을 만나게 되었다.

대책 없이 여행하는 자의 변명

에페스, 터키

"그 다음 도시는 생각해봤어? 숙소는 예약했니? 페티예에서 패러글라이딩은? 안탈랴에 갈 거야? 크루즈 여행을 한번 해보지 않을래? 모든 예약을 한번에 도와줄 수 있어."

평소라면 짜증을 유발했을 호객의 언어들이 어쩜 그리 달콤하게 들리던지. 어쩌면, 베테랑 여행사 직원인 제롬은 내게서 지친 여행자의 너덜너덜한 멘탈을 읽어냈는지도 모른다. 나는 홀린 듯이 이스탄불에서부터 안탈랴, 올림포스에 이르는 보름간의 일정을 통째로 그에게 맡기고 말았다. 대여섯 도시를 이동하는 교통편, 숙소, 액티비티, 3박 4일 지중해 크루즈 프로그램까지 전부. 몇 년 전 일이라 가물가물하긴 하지만 적어도 200만 원쯤은 그 자리에서 현금으로 지불했던 것 같다.(현금이 모자라 ATM에서 뽑아오기까지 했으니까) 제롬은 바로 여기저기 전화를 걸고 예약을 해서 보름치 일별 스케줄과 각종 바우처, 영수증을 쫙 뽑아주었고, 언제든 문제가 생기면 전화를 하라고 했다.

사무실을 나오는데 어안이 벙벙했다. 그렇게 충동적으로 여행을 '구입'한 건 처음이었다. 뒤늦게야 '이거 사기면 어째? 숙소 찾아갔는데 이런 예약 없다 그럼 어째?' 하는 불안감이 밀려왔다.

다행히 행운의 여신은 내 편이었다. 터키는 역시 관광의 천국이었다. 숙소는 우리가 직접 구하는 것보다 훨씬 급이 높았고, 지중해 위에서 한가롭게 보낸 3박 4일 크루즈도 대만족이었다. 인당 백만 원에 보름 동안 그토록 편안한 여행을 할 수 있었다는 게 감사했다. 게다가 사람들은 어쩜 그리 친절한지. 낯선 도시에 도착할 때마다 우리는 항상 도움의 손길을 먼저 내미는 현지인들을 만났고 단 한 번도 사기인 적이 없었다.

단순히 운이 좋았을 뿐이었을지도 모른다. 그러나 한편으로는 이런 생각도 든다. 내 여행을 미리 꽉꽉 채우지 않은 덕분에 운이 들어올 수 있는 자리가 있었던 게 아닐까. 물론 이것은 대책 없이 여행하는 자의 비겁한 변명일 뿐이지만.

우리는 아름다움을 훔쳐보았다

미얀마를 여행한 적이 있다. 그곳에 가게 된 이유는 기억나지 않는다. 신비로운 바간의 사원 사진을 보고 반했던 것 같기도 하고, 안 가본 동남아 국가 중에 내키는 대로 정했던 것 같기도 하다.

우리 부부는 동남아를 좋아했다. 태국, 라오스에서의 신혼여행을 시작으로 수많은 동남아시아 국가를 여행했다. 매년 두세 번은 동남아로 떠날 정도였다. 유럽보다 편안하고, 중국이나 일본보다는 더 이국적이어서 좋았다. 바쁜 생활 속에 2주 정도의 휴가가 최대인 상황에서 거리도 적당했다.

　미얀마는 수많은 동남아 나라들 가운데 자유여행 난이도가
꽤 높은 곳임에 분명했다. 내가 여행할 때는 이제 막 나라가 개방
되기 시작해 자본이 들어오던 때였다. 여행 인구는 늘어나는 데
반해 인프라는 형편없었다. 금액 대비 호텔 수준도 열악했고, 서
비스도 균일하지 않았다. 소박한 이들도 있고 영악한 이들도 있
었다. 무엇보다 미얀마 문자! 낙서나 그림 같아 보이는 낯선 모
양은 그렇다 치고, 왜 숫자까지 미얀마어로 써놓는 건데. 그 덕에
외국인인 우리는 버스를 전혀 이용하지 못했다.

　버스가 안 다니는 바간은 차라리 편했다. 불편한 자리나마
소가 끄는 수레를 타고 하루 종일 다니는 건 신선하기라도 했으
니까. 당연히 에어컨을 기대해선 안 될 일이다. 'wifi'라 쓰인 곳
이라고 해서 와이파이가 될 거라는 기대도 일찌감치 접어야 했다.
전날 비라도 오는 날엔 케이블도 전기도 끊기기 일쑤였으니까.

　정령 신앙의 성지라고 하는 뽀빠 산에 갈 때 택시를 선택한
건 그 때문이었다. 일주일 훨씬 넘게 열악함을 즐기다보니 좀 지
치기도 했다. 동남아에서 몇 만 원의 택시비를 쓰기란 손 떨리는
일이었지만 막상 타고 보니 시원한 에어컨 바람에 어떻게 찾아갈
지 고민할 필요도 없으니 그렇게 편할 수가 없었다.

　그러나 미얀마는 쾌적함이 오래 통하는 나라가 아니었다.

뽀빠 산 꼭대기에 있는 그 성스러운 사원에 가기 위해서는 무려 777개에 달하는 계단을 올라야 했다. 그것도 맨발로. 당연한 얘기지만 계단은 몹시도 더러웠다. 나는 먼지와 흙 정도로 더럽다고 얘기하는 사람이 아니다. 원숭이 배설물이 뒤섞여 최절정의 불쾌함을 제공하는, 그 끈적함이라니.

더운 날씨에, 다소 기분이 더러워진 채로 우리는 계단을 오르기 시작했다. 비싼 택시비 줘가며 여기까지 왔는데 어쩌랴 싶은 체념 반, 그럼에도 뭔가 좋은 것을 발견할지도 모른다는 기대감이 반이었다. 그러나 시간이 갈수록 다리는 무거워졌고, 곳곳의 원숭이들은 이상한 소리를 내며 우리를 위협했다.

비수기였던 탓에 관광객은 많지 않는데, 바나나 한 바구니를 어깨에 지고 오르는 미얀마 소년이 눈에 띄었다. 마른 근육을 그대로 드러낸 상반신에 반바지 하나만 입은 평범한 모습. 한눈에 봐도 엄청 무거워 보이는 짐을 지고 우리와 앞서거니 뒤서거니 하면서 올라가는 걸 보니 이 아이도 우리와 마찬가지로 사원에 가는 모양이었다. 아마도 주문받은 물량을 배달하는 거겠지.

"쟤는 저거 배달해주고 얼마를 벌까. 짐 하나 없이 올라가는 것도 이렇게 힘든데, 쟤는 진짜 힘들겠다."

이런 작은 위안도 해보았다. 소년의 뒷모습을 바라보며 오래 계단을 오르다보니 이런저런 감상에 젖게 됐다. 아름다운 소년이었다. 나이는 많아봐야 열대여섯. 자신의 의지와 상관없이

루앙프라방, 라오스

'가난한' 나라에 태어났다는 이유로 제대로 꿈을 꿔보지도 못하고 고된 노동에 내몰린 걸까. 사람의 가치는 무엇이 정하는 걸까. 저 아이는 저 힘든 삶이 세상의 전부라 믿고 신께 감사하고 있는 걸까.

비로소 찾은 여행의 이유

복잡한 상념에 마음이 어지러워질 때쯤 저만치 앞서 가던 소년이 작은 나무 벤치에 바구니를 내려놓았다. 잠시 쉬어가기로 한 모양이었다. 그때였다. 어디선가 나타난 아름다운 소녀. 반라의 차림에 땀으로 범벅된 소년과 달리 소녀는 꽤 화려한 전통의상을 갖춰 입은 모습이었다.

그러니까 그곳은 이 젊은 연인이 늘 만나는 밀회 장소인지도 몰랐다. 이제 막 서로의 마음을 알았거나 어쩌면 이미 사귀고 있을지 모를 두 사람. 자신의 몸으로 정직하게 돈을 벌 능력을 갖춘 소년과 그런 소년을 있는 그대로 사랑하는 소녀. 둘은 손수건으로 땀을 닦아주며 정답게 이야기를 나누고 있었다. 역광을 받아 두 사람이 앉아 서로를 바라보는 풍경은 마치 영화의 한 장면처럼 빛이 났다. 우연히 장면을 훔쳐본 그 순간 왠지 모르게 나는 나 자신이, 그리고 내 생각들이 부끄러워졌다.

자본주의에 염증을 느낀다면서도, 자존심을 팔아 번 돈으로 여행을 와서 알량한 우월감을 느끼는 나. 더워, 힘들어, 계단은 왜 이리 많아, 의미 없는 불평불만을 일삼는 나. 필요 이상의 음식을 탐욕스럽게 먹고, 두툼히 쌓인 뱃살을 빼겠다며 돈을 들여 운동하는 나. 그게 나였다.

　　미얀마의 아름다운 자연 속에서 정직하게 돈을 벌고, 소중한 사랑을 나누고, 그러한 삶을 선물하신 신께 감사하며 그들은 그렇게 살아갈 것이었다. 그런 그들을 내가 뭐라고. 쓸데없는 걱정을 내비친 순간 우리는 뒤룩뒤룩 살찐 자본주의의 돼지, 그 이상도 이하도 아니었다.

　　나머지 절반의 계단은 그렇게 조금 멍해진 채로, 조금은 반성하는 마음으로 올랐다. 이윽고 다다른 뽀빠 산 꼭대기. 원숭이 사원은 별것 없다는 것이 의외로 놀라운 곳이었다. 그러나 고요한 풍경 속에서 내 마음은 부풀어올랐다. 어디에서 어떻게 태어났든 그건 중요한 게 아니다. 세상 모든 존재는 각기 다른 이유로 아름답다. 나는 내가 주인공인 세상으로 다시 돌아갈 것이고 더 아름다워질 것이다. 그런 생각들의 소용돌이 속에서 나는 이 여행의 이유를 제대로 찾을 수 있었다.

우리는 아름다움을 훔쳐보았다

때로는 운에 기대야 할 때가 있다

특별히 믿는 신이 없음에도 여행을 떠날 때 나는 운명론자가 되곤 한다. 멋진 여행을 하기 위해선 얼마간의 운에 기대야 한다. 좋은 사람을 만날 거라는 믿음, 도둑맞거나 사기당하지 않을 거라는 믿음, 멋진 여행으로 남을 거라는 믿음. 적고 보니 거의 종교나 다름없는 수준이다.

정신을 차리고 보니

여행을 하다 보면 낯선 사람의 선의에 온전히 나를 맡겨야 하는 순간이 있다. 그때 우리는 세상에서 가장 약한 존재가 되는 동시에 세상의 중심이 된다. 설령 운 좋게 친절한 사람을 만났다고 해도 고마우면서도 경계하는 마음이 들기 마련이다. 모르는 사람에게 필요 이상의 친절을 베푸는 일이 어디 쉬운가. 필시 뒤꽁무니로는 계략을 꾸미고 있을지 모를 일이다. 인도나 동남아 등 관광으로 먹고사는 이들이 많은 개발도상국에서는 늘 그런 줄타기를 해야 했다. 친절인지 꿍인지 정신 차리고 판단해야 불미스러운 사고를 예방할 수 있었으니까. 가끔은 재미있으면서도 피곤한 게 사실이었다.

그런 점에서 가장 흥미로운 나라는 터키였다. 아시아와 유럽 사이라는 지리적 특성 때문일까. 오지랖 넓고 친절한 사람들이 정말 많았는데, 희한하게도 의구심을 줄다리기할 필요가 없었다. 처음엔 의심을 좀 하다가 나중엔 포기해버렸다. 여긴 원래 이런 나라야. 즐기자.

이스탄불의 어떤 골목을 걷다가 한 할아버지를 만났다. 지나가는 젊은이들이 그에게 인사하는 모습을 별 뜻 없이 지켜보다가 눈이 마주쳤다. 메르하바. 웃으며 인사를 한 게 우리가 한 전부였다. 정신을 차리고 보니 할아버지 집에 들어가 과일과 차를 대접받고 책 선물까지 받고 나온 우리.(황송해서 우리가 가진 것 중에 좋은 펜을 선물로 드리려고 했는데 받지 않으셨다)

터키에는 찻집이 정말 많았다. 남부의 작은 마을이었는데 노천카페에 아저씨들이 모여 보드게임을 하고 있었다. 언뜻 보니 우리가 아는 루미큐브랑 비슷한 것 같아 잠시 서서 구경을 했다.

그게 우리가 한 전부였다. 정신을 차리고 보니 그들 옆에 앉아 공짜로 차도 얻어 마시고 게임도 같이하고 있는 우리.(차를 마시겠냐고 묻지도 않는다. 대뜸 점원한테 차 두 잔 내오라고 하더니 우리를 앉혔으니까)

구경이나 할까 하고 아무 생각 없이 들어간 기념품 가게. 어디서 왔냐, 여행은 즐겁냐, 이런저런 말을 붙이는 주인아저씨. 정신을 차려보니 또 차를 얻어 마시고 있었다. 그 즈음엔 가게 들어가서 차 대접 받는 일이 일상이 되어버려 일일이 의심하는 게 귀찮은 지경이었다. 뭐 대단한 걸 구입하지도 않았는데 열쇠고리에 우리 이름까지 각인해서 선물로 주고, 남편에게 '이렇게 아름다운 여인을 만난 게 얼마나 행운인지 알고 있니'라는 명언까지 남겨주었다.

이런 일이 부지기수였다. 그냥 길을 물어봤을 뿐인데, 말로 가르쳐주는 걸로는 모자라 혹시 다른 길로 갈까봐 도착할 때까지 계속 따라오던 할아버지, 잔돈이 없어 잠시 당황하는 사이 경쟁하듯이 버스비를 대신 내주던 승객들……. 그렇게 우리는 도시를 다닐 때마다 계속 친절을 '당했다.'

Part 2. 우리는 언제나 여행자

게다가 붙임성은 어찌나 좋은지. '강남스타일'이 세계 초유의 히트를 치던 시기여서 그랬는지 몰라도 터키에서는 한국인에 대한 호감도가 하늘을 찔렀다. 시장 구경을 하다가 여고생 무리를 만났는데, 우리가 무슨 연예인이라도 되는 양 꺅꺅 소리를 질러댔다. 우리는 한 명씩 사진을 찍어주느라 거의 20분을 붙잡혀 있었다. 그들은 안녕하세요, 감사합니다 같은 간단한 한국말도 알고 있었다. "아이 러브 유어 스몰 아이즈"라는 찬사에는 살짝 기분이 나쁠 뻔했으나 사실인걸 어쩐담.

길고양이들조차도 붙임성이 좋아서 어딜 가나 고양이들의 아름다운 자태와 애교를 누릴 수 있었다는 점도 기억에 남는다. 노천 식당에서 밥을 먹는데 무릎 위에 올라와 고개를 쏙 내밀던 치즈태비. 터키에서는 고양이가 악귀를 쫓는다고 믿기 때문에 길고양이를 학대하는 일이 없다. 그런 점조차도 우리 맘에 쏙 들었으니.

한 달 동안 터키 여행을 하면서 불쾌했던 일이라곤 밥이 너무 먹고 싶어서 우리 돈으로 무려 4천원이나 하는 플레인 라이스를 주문했는데 먹을 수 없을 정도로 무지무지하게 짠 소금밥을 받아야 했던 일과 에이르디르 호수에서 배를 탔는데 바가지를 좀 썼던 일 정도였다. 그 정도야 이곳에서 받은 친절에 비하면 아무것도 아니었다.

터키는 정말 아름다운 나라였다. 이스탄불의 아름다운 사원들, 카파도키아의 외계 행성 같은 풍경을 내려다보며 거대한 열기구를 타고 날던 추억, 지중해를 안고 자유롭게 날아올랐던 패러글라이딩의 짜릿함, 2천 년 전의 도서관을 볼 수 있었던 에페스의 로마 유적들, 감탄을 넘어 경이롭기까지 했던 파묵칼레의 기이한 아름다움……. 한 달 동안 터키를 여행하며 보고 겪은 경험은 이루 말할 수가 없지만 풍경보다도 더 아름다운 건 사람이었다. 터키는 지금도 우리에게 '세상에서 가장 착하고 좋은 사람들의 나라'로 각인되어 있다.

우리는 우리의 여행이 행복한 기억으로 남기까지 얼마나 많은 행운과 많은 사람들의 마음이 더해졌는지 알고 있다. 뉴스를 볼 때마다 남의 나라 얘기가 아닌 내 친구의 소식을 듣는 것 같은 기분이 드는 건 여행은 결국 사람을 만나는 일이기 때문 아닐까. 다른 세상에서 다른 언어로 살지만 우리와 다르지 않은, 감정을 공유할 수 있는 사람들. 내가 살고 있는 이 세상이 전부가 아니라는 걸 직접 눈으로 보고 경험한다는 건 어쩌면 기적 같은 일이다. 멋진 여행을 하고 돌아왔다는 것만으로도 우리는 참 운이 좋은 사람들이다.

안녕, 작은 친구
여행지에서 만나는 동물들

모스크에서는 시시때때로 영롱한 종소리가 들려왔다. 일상을 살아가던 인간들에게 신의 은혜로움을 잊지 말라고, 당연함과 아무렇지 않음에 잠식되지 말라고 자꾸만 일깨워주는 소리 같았다. 터키 사람들은 무엇을 하고 있든, 어디에 있든 종소리에 맞춰 모스크가 있는 방향으로 절을 올렸다. 터키를 여행하던 때, 나는 그 모습이 좋았다. 그리고 이슬람교라는 낯선 종교를 조금은 이해할 수 있을 것 같았다.

기도가 끝난 뒤, 모스크 주변을 돌며 고양이 밥을 챙겨주던 사람들의 모습도 기억에 남는다. 어디선가 수십 마리의 고양이들이 모스크 앞에 나타나 기지개를 켜며 기다렸다는 듯이 사료를 받아먹었는데, 그 모습이 너무도 일상적이라는 것이 내겐 신선한 충격이었다. 시간에 맞춰 사람들은 신께 기도를 올리고 고양이는

이스탄불, 터키

밥을 먹는다. 이 조화로움의 정체는 무엇인가.

앞서 말했듯 터키에서는 고양이가 악귀나 액운을 쫓는 영험한 동물로 여겨진다. 그래서인지 호텔, 식당, 가게 등 어디서나 고양이가 당당하게 자리를 잡고 있다. 밥을 먹고 있으면 고양이가 무릎 위에 올라와 내 생선을 노렸다. 가게에 진열된 예쁜 그릇에는 도도한 고양이가 또아리를 틀고 낮잠을 자고 있었다. 자신의 사회적 위치를 잘 알고 있는 겐지 고양이들은 낯선 사람의 손길을 애써 피하지 않았다.

생명 대 생명으로서의 예의

사람이 동물을 대하는 자세를 보면 그 나라의 문화와 정신에 대해 어렴풋이 알게 된다. 뜨거운 방콕, 길거리 한가운데서 바로 옆에 사람이 지나가든 말든 신경 쓰지 않고 늘어져 있던 커다란 개들을 보며 더운 나라 특유의 느긋함과 게으름에 웃음이 났다. 인도네시아, 미얀마, 인도 등의 아시아 국가들에서는 원숭이를 신성하게 모시는 사원을 만날 수 있었는데, 당당하게 인간을 조롱하는 영악한 원숭이를 만날 때면 화가 나다가도 촉촉한 눈빛으로 하늘을 바라보는 모습에는 뭔지 모를 뭉클함도 느꼈다.

인간만이 사는 세상이 아니라는 걸 여행하면서 더욱 절실히 배우게 된 셈이다. 한국의 작은 도시에서만 성장한 나는 사실 마당에 묶어 키우던 똥개 외에는 가까이 동물을 접해본 일이 없었다. 동물원에 가서 창살을 사이에 두고 만나는 존재가 아닌 이상, 우리가 사는 일상의 공간에서 동물은 늘 배제되어 있었다. 비둘기는 해충이 바글거리고, 쥐는 박멸해야 할 대상이며, 길고양이는 불길하고 성가신 존재에 불과했다. 시골에서도 크게 사정은 다르지 않다. 밭을 망쳐놓는 고라니, 안전에 위협이 되는 야생 멧돼지, 닭을 채어가는 황조롱이. 왜 우리나라에서 인간과 동물들은 이토록 적대적이고 경쟁적인 관계를 버리지 못하는 걸까. 어차피 같은 지구를 나눠 쓰는 생명체인 건 마찬가진데 말이다. 최근 반려동물과 함께 사는 인구가 늘고 있다고 해도 이런 상호의존적인 관계 외에 인간과 동물이 주체적으로 어우러져 사는 세상은 정말 요원한 걸까.

때로, 인간보다 더 멋있는 동물도 있다

딱 한 번, 우리나라에서 아주 멋진 동물 친구를 만난 적 있다. 동물을 보고 멋있다고 생각한 적은 처음이었다. 이 친구의 이름은 정돌이. 지리산에 있는 '정돌이네 민박'에 사는 진돗개다. 친구들과 지리산 둘레길을 걸으러 내려갔다가 우연히 묵게 됐는데,

(위) 지리산의 정둥이   (아래) 발리, 인도네시아

저녁으로 먹으려고 사간 족발이 너무 맛이 없어서 정돌이에게 몇 점 던져줬다. 주인아주머니는 "먹이를 주면 길 안내를 해줄 것"이라고 했지만 솔직히 진지하게 듣진 않았다. 그런데 그 말은 사실이었다. 다음날 아침, 길을 나서며 진담 반 농담 반으로 "정돌아. 같이 가자" 하고 부르자 진짜로 따라 나서는 게 아닌가. 아니, 사람을 따르는 수준이 아니라 정돌이는 내내 우리를 앞장서 성큼성큼 걸었다. 우리는 개 뒤꽁무니만 좇는 형국이었다. 한참 앞서가다 우리가 뒤처지면 잠시 서서 기다려주기도 하고, 멀리서 무슨 수상한 소리가 나면 빛의 속도로 달려나가 한참을 부스럭대다 돌아왔다. 행인을 위해 멧돼지도 잡는다는 주인아주머니 말씀 역시 진짜였던 모양이다. 실제로 정돌이 몸에는 상처가 여럿 있었는데, 나중에는 그 모습마저도 야성적이고 강인해보였다.

4~5시간에 달하는 트레킹 내내 믿음직스럽게 이어진 정돌이의 에스코트는 우리에게 감동을 주기에 충분했다. 정말 신기한 건 '일하는 중엔 먹지 않는다'는 철칙이라도 있는지 쉬는 동안 소시지나 간식거리를 던져줘도 입에도 안 대던 프로의 모습이었다. 택시를 타고 떠날 때까지 계속 우리 곁을 맴돌던 믿음직한 진돗개의 의리라니!

서울에 올라와서 민박집에 전화해 물어봤더니 정돌이는 무사히 16km를 달려 집으로 돌아왔다고 한다. 둘레길 길잡이로서의 역할에 자긍심을 갖고 있는 걸까. 이런 동물이라면 기꺼이 존경과 찬사를 받아 마땅하다고 생각했다. 어찌 한낱 짐승이라 무시하고 얕볼 수가 있겠느냐 이 말이다.

세상엔 멋진 인간들의 수만큼이나 매력적이고 존경스러운 동물들이 함께 살고 있다는 걸 반드시 기억할 필요가 있다. 어떤 악기보다도 아름다운 소리로 음악을 들려주는 이름 모를 새들, 도시의 중요한 일원인 각양각색의 고양이들, 인간을 인간보다 더 사랑하는 개들. 이들을 보지 못한다면, 당신은 이 세상의 아주 일부밖에 모르는 것이다.

여행의 완벽한 순간들

여행하면서 가장 좋았던 순간을 꼽아달라는 질문을 종종 받곤 한다. 외계 행성에 온 듯 하얗디하얗던 볼리비아 우유니 사막, 구름 사이로 거짓말처럼 나타난 페루의 마추픽추, 터키 카파도키아에서 열기구를 타고 내려다보았던 기이한 풍경, 바르셀로나 곳곳의 가우디 건축물들……. 명불허전의 관광 명소가 직접 눈앞에 펼쳐졌을 때를 꼽을 수도 있겠지만, 아이러니하게도 여행의 완벽한 순간은 늘 우연히 갑작스럽게 맞닥뜨리게 된다. 나의 현재 상태와 타이밍, 운, 외부의 모든 요소가 모자라는 것 하나 없이 완벽하게 맞아떨어지는 때. 정신 차릴 틈 없이 휙휙 지나가는 시간의 속도 안에서 '지금'을 딱 낚아채는 찰나. 하늘에서 내려온 섬광 하나가 머리에 꽂히듯 불현듯 깨닫게 되는 순간이 있다.

#1 태국 치앙콩 메콩 강변

그 새벽, 나는 갑자기 눈을 떴다. 아직 밖은 어둑했다. 여행자의 촉은 이럴 때 발휘된다. 새벽의 메콩 강. 이건 꼭 봐야 해! 세수도 하지 않고 겉옷만 간단히 걸친 채 일행이 깨지 않게 조용히 밖으로 나갔다. 해가 뜨기 전 서늘한 공기는 습기를 머금어 축축했다. 희뿌연 사위 속에서 나는 용케도 메콩 강 이정표를 찾아냈다. 길만 건너면 된다더니 정말 숙소에서 채 50m도 떨어지지 않은 곳이었다. 지나다니는 사람조차 없는 적막한 골목을 지나 둑에 올라선 순간, 바로 눈앞에 메콩 강이 펼쳐졌다. 바로 그때, 나는 흡 하고 숨을 들이마셨다. 눈이 커다래졌다.

그 순간을 뭐라고 설명할 수 있을까. 그러니까 갑자기 너와 눈이 마주친 기분. 물론 너는 그곳에 가만히 있었고, 나 혼자 가슴 두근대며 새벽부터 한달음에 달려간 것이지만. 그렇게 정신없이 달려가다가 갑자기 맞닥뜨렸을 때, 너는 무연한 눈빛으로 나를 바라보고 있던 것이다.

잠이 덜 깬 탓이었는지도 모른다. 새벽의 물안개가 신비로운 분위기를 더해준 건지도. 그토록 공백이 많은 세상은 처음이었다. 광막한 메콩 강은 짙은 물안개에 휩싸여 자신을 감춘 채 그곳에 존재해 있었다. 강물은 아주 천천히 흐르고, 바람은 조심스럽게 불었다. 느린 바람의 리듬에 맞추어 안개가 춤추고 노래하

메콩 강, 태국

는 듯했다. 해가 뜨기 전 세상은 마치 흑백사진 같다는 걸 이때 처음 알았다. 태양빛이 퍼지면서 조금씩 천연색을 찾아가는 과정을 홀린 듯이 지켜봤다. 고기잡이를 시작하는 현지인들도 더러 나타났다. 저 멀리 나루터에서 그물을 정리하는 소년, 낡은 나룻 배를 띄워 강의 느릿한 속도를 따라 움직이는 어부…….

찰칵찰칵. 카메라의 셔터소리가 생경하게 들렸지만 그럼에도 불구하고 나는 멈출 수 없었다. 나에게는 마치 백 년 전 수묵화 속에 빨려 들어간 듯 비현실적인 공간들이 그들에게는 하루의 밥벌이가 시작되는 심상한 일터일 테지만. 시간이 좀 더 흘러 안개가 완전히 걷히자, 여느 날과 다름없는 강변의 하루가 시작되었다. 사물은 멈췄던 숨을 다시 내쉬었고, 주위는 제 색깔을 찾아갔다. 카메라에 담긴 모습만이 하나의 작품처럼 기억에 각인되었을 뿐.

#2 프랑스 남부 브줄

프랑스의 한 시골마을에서 3주 정도 캠프 생활을 할 때. 끝없이 펼쳐진 초원, 동화 속에나 나올 법한 알록달록한 색깔의 박공지붕까지 브줄(Vesoul)은 빨간 머리 앤이 사는 동네를 그대로 옮겨놓은 것 같은 분위기였다. 물론 낯선 외국인들과의 합숙 생활이 쉽지만은 않았지만 복잡한 도시에서만 살아왔던 내게는 평생 기억에 남을 시간들이었다.

가장 좋았던 건 오후 티타임이었다. 기다란 야외 테이블에는 갖가지 치즈와 정원에서 수확한 체리나 복숭아로 구워낸 파이가 올라왔다. 눈부신 햇빛 사이로 식기 부딪히는 소리가 청아했다. 갓 내린 커피에 우유를 살짝 섞어 즐기는 고소한 카페오레는 환상적이었다. 그렇게 기분 좋게 배를 불리고 난 후 잔디밭에 누워 있으면 훈기를 머금은 산들바람이 볼을 간질였다. 뭉게구름이 눈부시게 맑은 하늘을 적당히 가려줬고, 나는 눈을 감았다 떴다 하며 오수를 즐겼다. 늘 내 뒤를 졸졸 따라다니곤 했던 피에릭도 그때마다 내 곁에 다가와 긴 팔다리를 누였다. 말이 통하지 않았지만 우린 같은 순간을 공유하고 있었다. 서로를 바라보며 말없이 씩 웃고는 다시 하늘을 올려다봤다. 더할 나위 없이 완벽한 순간.

#3 베트남 달랏 기차역

베트남 여행 중 한 휴양 마을의 기차역에 다다랐다. 아주 오래전, 식민 통치를 위해 프랑스인들이 수십 년간 공들여 만들었다는 철로는 소임을 다하고 10km 남짓의 노선 하나만을 남겨둔

달랏, 베트남

상태였다. 기차역에서는 단 하나의 목적지를 위해 단 한 대의 기차가 운행하고 있었다. 그 목적지란 사기그릇을 깨서 모자이크로 탑을 쌓아놓은 기기묘묘한 분위기의 린푸옥 사원이었다.

사원을 보고 우리는 다시 기차역으로 돌아와 역 한편에 무심하게 자리하고 있는 한적한 카페에 들어갔다. 1,200원짜리 밀크커피는 베트남 여행 중에 만난 커피 가운데 가장 맛이 좋았다. 제법 넓은 카페에 손님은 우리 둘뿐이었는데 직원은 셋이나 있었다. 화장을 곱게 한 어린 여자애는 커피를 내리고, 잘생긴 청년은 로스팅을 하고, 발랄하게 생긴 소년은 구부정하게 앉아 휴대폰만 만지작거렸다. 아, 거기에 조끼를 입은 강아지 하나가 셋 사이를 왔다 갔다 하며 애교를 부리기에 여념이 없었다. 그 세상 행복한 표정이라니.

오후의 햇빛이 카페를 노랗게 물들였다. 춥지도 덥지도 않은 적당한 온도. 커피 로스팅 향의 농도마저도 딱 알맞았다. 제목은 모르지만 한두 번쯤 들어본 팝송이 잔잔하게 공간을 가득 채웠다. 아, 큰일 났네. 이거 너무 좋은데. 벽에 기대어 앉아 맛좋은 커피를 홀짝이며 중얼거렸다.

그때 잠시 화장실에 다녀온 남편이 내 곁에 앉았다. 비로소 모든 것이 진정으로 완벽해지는 순간이었다.

아침식사로 여행을 기억하는 몇 가지 방법

나에게도 결혼생활에 대한 환상 같은 게 있었다. 폭신폭신한 하얀 침구에 파묻혀 꿀잠을 자고 있는 나. 베드 테이블에 따뜻한 아메리카노와 토스트를 담아 들고 가벼운 키스와 함께 나를 깨우는 그. 기분 좋은 음악과 침실 한가득 채운 아침 햇살은 필수 옵션. 4년이 넘는 연애 기간 동안 서로 결혼생활에 대한 로망을 나눌 때마다 읊었던 나의 주문이었다.

늘 그렇듯이 현실은 달랐다. 물론 결혼했다고 해서 나의 사랑하는 남자가 갑자기 생각지 못한 모습으로 돌변한 것은 아니었다. 어쨌든 나의 로망은 뮤직비디오나 미국 영화에나 등장하는 판타지일 뿐, 현실에서는 일어날 수 없는 일이라는 걸 깨닫기까지는 그리 오래 걸리지 않았다. 새벽까지 글을 쓰는지 게임을 하는지 모를 남편은 늘 오후까지 자고 있기 일쑤였고, 그래서 아침

베네치아, 이탈리아

식사 준비는 아침형 인간인 내 차지였다. 아침 햇살은 무슨. 북향이라 한낮에도 어둑한 원룸에서 시작된 우리의 신혼은 나의 바람과는 거리가 멀었다.

태어나서 결혼하기 전까지, 난 거의 하루도 빼놓지 않고 아침 7시 30분마다 어머니가 차려주시는 가족 식사에 의무적으로 참여해야 했다. 그래서 약간의 집착이 있었는지도 모르겠다.

여행에서 아침식사는 내게 중요했다. 빵 한 쪽이라도 좋으니 가능하면 조식을 제공하는 숙소를 선호했다. 피곤하면 저녁을 건너뛸지언정 아침은 꼭 챙겨먹곤 하는 나의 취향을 남편은 존중해주었다.

여행자의 특권, 호텔 조식

투숙객의 편의를 위해 제공되는 호텔 조식을, 나는 사랑하는 편이다. 여행자의 특권 같은 기분도 든다. 기다렸다는 듯이 펼쳐진 화려한 만찬. 빵과 소시지, 다양한 잼과 버터, 치즈, 시리얼과 오믈렛 등등 마치 '네가 뭘 좋아할지 몰라 다 준비했어'라고 말하는 돈 많은 남자친구 앞에 선 듯 약간 황송하기도 우쭐해지기도 한다. 그 많은 음식을 다 맛보기도 힘들다. 사실 음식을 가지러 오가느라 일어났다 앉았다 하는 과정이 번거롭기도 하다.

그렇게 식사 한 판을 끝내고 나면 부른 배에 진이 다 빠져버린 기분이 들기도 한다.

아침식사는 일상이다, 김치 같은 올리브

터키식 아침식사는 전형적인 서양 스타일의 조식에 신선함을 더한 느낌이어서 마음에 들었다. 대부분의 숙소에서 조식을 제공했는데, 메뉴는 거의 비슷했다. 에크멕(Ekmek)이라 불리는 바게트 같이 생긴 빵, 두부 같은 식감의 하얀 치즈는 물론 생 토마토와 오이도 빠지지 않았다. 달걀은 스크램블이나 오믈렛으로도 제공되었지만 삶은 달걀일 경우가 더 많았다. 고급 호텔에서는 기본 메뉴에 햄과 소시지, 스프링롤 같은 것들이 더해졌다. 그 다양한 메뉴 중에서 최고의 백미는 절인 올리브였다. 이후 나는 자연스레 알게 되었다. 올리브는 김치같이 양념 종류, 삭힌 정도에 따라 종류가 어마하게 다양하다는 것도, 좋은 아침식사는 매일 똑같이 먹어도 질리지 않는다는 사실도.

아무리 먹어도 좋아, 쌀국수 홀릭

　질리지 않는 아침식사 하면 베트남의 쌀국수를 빼놓을 수 없다. 평소에도 워낙 쌀국수를 좋아해 자주 먹곤 했지만 본토에서 먹는 맛과 비교할 수 있으랴. 베트남에서 우리는 저렴한 여행을 추구했기 때문에 조식이 포함되지 않는 숙소에 자주 묵었다. 숙소 밖의 즐비한 노점 덕분에 아침식사는 고민할 것도 없었다. 조금은 거창하고 느끼한 서양식 아침식사와 달리 아시아식은 간소하고 담백하다. 노점 테이블과 의자도 보통 크기의 2/3사이즈로 축소된 듯 미니멀했다. 약간 쪼그려 앉는 듯한 자세로 자리를 잡고 앉아 퍼보(소고기 쌀국수)나 퍼가(닭고기 쌀국수)를 주문하면 현란하면서도 절제된 손짓으로 쌀국수 한 그릇이 뚝딱 만들어졌다. 살짝 아쉬운 그 양 또한 아침식사로 제격이었다. 더운 날씨에도 뜨끈한 국물은 왜 그리 술술 들어가던지. 남쪽 호치민에서 시작해 북쪽 하노이까지 올라오는 여정 동안 우리는 지역별로 조금씩 맛과 특징이 다른 쌀국수를 매일 아침 즐겼다. 2주 여행 동안 족히 스무 그릇은 먹었을 거다. 그래도 당연히, 조금도 질리지 않았다. 이 글을 쓰고 있는 지금도 조금은 멍한 그 아침의 쌀국수 한 그릇이 그립다.

포르투갈 리스본은 곳곳에 베이커리 카페가 많았다. 지구의 얼마나 많은 사람들이 빵으로 아침식사를 하는 걸까. 새벽부터 베이커리에서는 갓 구운 빵을 쇼윈도에 내놓고, 조금은 바쁜 걸음으로 카페에 들른 사람들에게 에스프레소와 빵을 내놓았다. 손님들은 선 채로 간단히 아침식사를 해결했다. 5분이나 될까, 카페에 머무는 짧은 시간 동안 더러는 신문을 읽기도 하고 더러는 식당 주인과 담소를 나누기도 했다. 쭈뼛거리며 바 앞으로 다가간 우리에게 무심한 표정으로 에스프레소와 물 한 잔을 내놓던 회색 눈동자의 직원을 기억한다. 아메리카노는 메뉴에도 없었다. 어쨌든 우리는 포르투갈에서 에스프레소의 맛을 알게 되었다. 공복의 진한 커피 한 잔이 주는 카타르시스 같은 것도, 그들에게 아메리카노는 물에 말은 밥 같은 느낌이라는 것도.

지금은 아침식사를 고집하지 않는 편이다. 오전에 운동을 끝내고 마시는 커피 한 잔이 전부다. 내가 아침식사를 챙기는 건 오로지 여행할 때뿐이다. 애초에 아침식사 같은 일상적인 행위를 판타지에 집어넣은 것이 잘못이다. 모든 아침은 아무렇지 않게 시작한다. 우리의 일상이 늘 아무렇지 않게 흘러가듯이. 그래도 특별한 아침을 원한다면? 해결책은 하나. 여행을 떠나시라.

기도의 방향

애초에 뭔가를 의심 없이 믿는 성격이 못되는지라 종교와는 인연이 없다 생각했다. 내가 매력을 느끼고 빠져드는 대상은 늘 사람이었다. 울고, 웃고, 만지고, 대화를 나눌 수 있는 내 눈앞의 사람. 보이지도 않고, 존재조차 희미한 대상을 어찌 그리 믿고 따를 수 있을까. 할머니 손에 이끌려 억지로 다니던 성당은 고등학교에 들어가면서 나가지 않았다. 그 이후로는 딱히 종교와 연을 맺을 일이 없었다. 다행히 우리나라는 종교의 자유가 있으니까. 일상 속에서 내가 종교의 존재를 느끼는 순간이라곤 크리스마스와 부처님 오신 날뿐.

"아무것도 믿지 않는다고? 어떻게 종교가 없을 수 있어?"

여행을 다니다 보면 국적이나 나이를 묻듯이 종교를 묻는 사람들이 있다. 아무렇지 않게 없다고 대답하면 세상 불쌍한 사람을 바라보듯 '어쩌다 그런…'이라는 반응을 보이니 당황할 수밖에.

다소 강제적인 전도 활동에 눈살을 찌푸렸던 적이 있긴 하지만 우리나라에서 종교는 선택의 영역이다. 그러나 여행하면서 방문했던 수많은 나라에서는 그렇지 않았다. 법으로 종교를 정해 놓은 나라도 많았고, 그에 따라 먹는 것도, 직업이나 결혼에도 많은 영향을 받았다. 아니, 강요의 여부를 떠나 마치 숨을 쉬듯, 밥을 먹듯, 사랑하고 인간다운 삶을 살기 위해서라도 그들에게 종교는 없어서는 안 될 삶의 한 부분이었다.

힌두교 · 다음 생이 있으니 괜찮아

인도를 특별하게 만들어주었던 것 중에 하나는 힌두교라는 낯선 종교 문화였다. 소를 숭상하는 문화 덕분에 대로변에 커다란 소들이 똥을 누며 유유히 걸어다니고, 소 떼가 다 지나갈 때까지 차들이 빵빵거리지도 않고 대기하는 모습이 처음엔 무척이나 기이하게 다가왔다. 그중 최고는 바라나시의 가트였다. 가트에서 화장을 하고 갠지스 강에 재가 뿌려지면 다음 생에 더 나은 계급으로 태어날 수 있다고 믿는 인도인들. 위에 흰 천만 덮였을 뿐, 관도 없이 불타는 시체의 모습은 지나가는 이방인들에겐 그로테

스크한 관광 요소였다. 그러나 화장을 위해 평생 장작 값을 모아야 하는 인도 빈민들의 삶을 생각하면 자연스레 숙연해졌다.

화장재는 갠지스 강을 따라 바다로 흘러갈 것이었다. 거기서 사람들은 수영과 목욕을 하고, 관광객들은 초를 띄우고 소원을 빈다. '모든 것은 돌고 도는 것이고, 이번 생이 글렀다면 다음 생이 있으니까'라고 생각하는 것만으로도 조금은 조급함이 사라지는 듯했다.

이슬람교 - 이상해 보여도 편안한

터키에서는 도심이든 해변가든 산골이든 정해진 시간에 종소리와 경 읽는 소리가 들려왔다. 어디에 가든 가까이에 모스크가 있다는 얘기다. 이슬람교는 그 어떤 종교보다도 신자들의 삶에 깊숙이 침투하는 종교다. 신이 존재함을, 너희를 굽어보고 있음을, 보이지 않는 그의 보살핌을 매시간 일깨우고 다독여주는 것 같았다. 그래서 사람들은 술과 돼지고기를 멀리하고, 길고양이에게 밥을 주고(마호메트가 특히 사랑한 동물이란다), 라마단 기간에 맞추어 단식을 하고, 하루에 네 번씩 코란을 암송하고, 모스크가 있는 방향을 향해 절을 올린다.

우리는 여행자이기에 그들의 규칙을 반드시 따라야 할 이유가 없었지만 종소리가 들릴 때마다 절로 조금은 엄숙해지기도 했다. 공공장소에는 화장실 수만큼의 기도실이 있었고, 그들은 그 안에서 편안해 보였다. 여성 억압 문제, 과격 이슬람 단체의 테러 등 마음을 불편하게 하는 요소들에 편견이 없지 않았음을 인정한다. 그러나 아름다운 블루 모스크의 천장을 바라보며, 고요한 경 읽는 소리에 지그시 눈 감으며, 맛있는 이슬람 음식을 만나면 나는 분명 이슬람 사회 안에서 지극히 편안했다. 이 멋진 나라를 만든 게 알라신이라면, 그는 꽤 괜찮은 신임에 분명하다는 생각도 했던 것 같다.

불교 – 수천 가지 기도와 소원의 아름다움

종교에 대한 호감도만을 고려하자면 나는 불교 쪽에 가까운 것 같다. 경치 좋은 곳에 자리 잡고 그 넓은 품을 사람들에게 열어두고 있는 사찰만으로도 고마운 마음이다. 여수 돌산도 끝자락에 위치한 향일암은 내가 가장 좋아하는 절이다. 거기서 바라보는 남해는 해가 뜰 때건 질 때건 늘 감동적이다. 법정스님이 지으셨다는 서울 길상사에서 템플 스테이를 하며 묵언수행을 한 적도 있다. 신기한 일이었다. 서울이라는 복잡한 도심 한가운데 이런 고요함이 숨어 있었다니. 가톨릭보다 더 오랜 역사를 지닌 종

인레 호수, 미얀마

교이니 만큼 나라마다 다른 분위기의 절을 구경하는 재미도 빼놓을 수 없다. 중국이나 일본의 불교는 우리나라와 깊은 인연을 주고받았던지라 크게 낯설지 않았는데 동남아시아 쪽은 늘 흥미로웠다. 그중 최고는 지금은 유명해진 라오스와 미얀마의 탁발 행렬이다. 매일 새벽마다 붉은 옷을 입은 승려들이 불경을 읊으며 마을과 시장을 돌면 그 시간에 맞춰 사람들이 쌀이며 음식을 준비해 승려들의 그릇에 나눠준다. 나를 미소 짓게 했던 건 졸린 눈을 비비며 보시하러 나온 어린아이들의 모습이었다. 아마도 자신의 아이들이 더 많은 공덕을 쌓을 수 있도록 부모들이 배려한 것이리라. 그렇게 내세에 훌륭한 사람으로 다시 태어날 수 있길 바라는 마음. 어쩌면 당장 아이를 배불리 먹이고, 좋은 옷을 입히는 것보다 더 깊은 사랑이 아닐는지.

미얀마 바간도 빼놓을 수 없다. 소가 끄는 수레를 타고 엄청난 규모의 사원들을 둘러보고 다니는 것도 멋지지만 진짜 장관은 사원 위를 기어올라가야 볼 수 있다. 땀을 삐질삐질 흘리며 사원 꼭대기에 오르면 바간 시내 전경이 한눈에 들어오는데 세상에, 온통 불탑이다. 집이나 건물보다 훨씬 많은 수의 크고 작은 불탑들이 끝도 없이 펼쳐져 있는데 그게 참 마음을 어지럽힌다. 최빈국 중 하나인 미얀마 사람들이 평생을 모은 돈을 보시해서 짓는 불탑이다. 크고 화려하게 올릴수록 보다 나은 윤회를 할 수 있다고 믿는단다. 내세를 위해 현생을 바치는 건 바보 같은 일일까 아님 고귀한 일일까. 나는 알 수 없었다. 그저 그 풍경이 너무나 아름다워서 눈물이 났다.

가톨릭 – 세상에서 가장 아름다운 건축물

봉사를 핑계로 가평의 꽃동네로 도망쳤을 때는 봉사로 사명을 다하는 수녀님들의 모습이 너무 좋아 보여서 잠시나마 그들의 삶을 동경하기도 했다. 견진까지 받고도 수년간 냉담해왔음에도 보살핌을 받고 있는 수천 명의 장애우, 노인 아이들과 함께 미사를 드리며 다시금 신앙심이 싹트는 걸 느꼈다. 종교의 힘은 때로 이렇게 거대하고 무섭다.

그러나 솔직히 고백하면, 내게 가톨릭은 종교 자체보다도 위대한 건축물이 주는 감동으로 더 크게 다가온다. 가톨릭의 본산인 바티칸의 베드로 대성당, 유럽 곳곳에 위치한 거대하고 아름다운 성당들까지 일일이 헤아리기도 힘들다. 이 정도로 아름답고, 이 정도로 공들여 건축물을 짓게 만드는 존재가 신이라면 그 위대함을 의심조차 할 수 없겠다는 생각이 든다. 그중 최고는 단연 스페인 바르셀로나의 사그라다 파밀리아였다. 위대한 건축가 가우디의 유작으로, 미완성인 지금의 상태만으로도 엄청난 아우라를 발산하는 아름다운 건축물이다. 거대하고 세밀한 외관

부에노스아이레스, 아르헨티나

을 맞닥뜨리자마자 기가 눌리는 느낌이고, 내부로 들어가면 마치 천상계의 숲속에라도 들어온 듯 송구한 느낌에 절로 신을 우러르게 된다. 그 공간에서 눈을 동그랗게 뜬 채 숨을 몰아쉬며 환희에 차오르던 사람들의 모습을 기억한다. 이것 또한 신을 향한 기도라 할 수 있다면 그 순간 가장 간절했던 사람은 바로 나였음을 부인할 수 없다.

여행의 밤은 특별하다

한 독립서점에서 우연히 발견하고 첫눈에 반한 책이 있다. 우라 가즈야가 쓰고 그린 〈여행의 공간〉이다. 일본의 원로 건축가인 저자가 해외여행을 하면서 묵었던 호텔 객실의 도면과 짧은 에세이를 덧붙여 묶은 책이다. 그는 늘 객실에 비치된 편지지에 도면을 그렸고, 의자, 조명, 타일 등 눈에 띄는 소품은 컬러 일러스트로 표현해 생생함을 더했다.

책을 읽는 내내 글보다 그림에 시선이 더 오래 머물렀다. 그의 글을 읽을 때마다 나는 늘 상상했다. 호기심 어린 눈빛의 늙은 건축가가 무수한 여행자들이 거쳐갔을 낡은 객실을 탐색하며 재고 그리고 기록하는 풍경을. 마음에 드는 구조의 객실을 만났을 때 짐도 풀지 않고 몇 시간을 올곧게 작업한 후에야 비로소 침대에 몸을 누이며 지었을 만족스런 미소를. 그 호텔에 묵고 싶어서 여행을 떠나는 마음이 어떤 것인지 조금은 알 것 같았다.

가난한 배낭여행자로 오래 지냈기에, 비싼 호텔에 묵는 것은 사치라고 여겼다. 여행할 때는 밖에서 최대한 많은 것을 보고 느끼고 경험해야 한다고 생각했다. 숙소에 머무는 시간이 왠지 아까워서 최대한 일찍 나가 밤늦게 돌아오곤 했다. 숙소에 와서는 씻고 자기에 바빴다.

그런데 얼마 전부터 이런 생각이 조금씩 바뀌기 시작했다. 받아들이고 싶진 않지만 아무래도 나이가 들면서 자연스럽게 그리 된 것일 테다. 하루 종일 동네 곳곳을 누비거나, 물에 빠져 놀거나, 하늘을 날면서 열렬히 세상을 탐색한 후에 주어져야 할 것은 응당한 휴식 아니겠는가. 그런 의욕에 가득 찬 여행자를 맞는 것이 고작 눅눅한 침구, 얼마나 오래됐는지 삐걱대는 매트리스, 냄새나는 화장실이라면 불쾌할 수밖에. 언젠가부터 괜찮은 숙소는 뜨겁게 세상과 사랑을 나눈 나 자신에게 주는 포상처럼 여겨졌다.

숙소 자체가 여행의 목적이 된 적이 있었다. 그러니까 여행지의 다양한 스폿 중 가장 가보고 싶은 명소가 그 호텔인 경우이다. 그곳은 바로 그 유명한 싱가포르의 마리나 베이 샌즈 호텔이었다. 하늘을 찌를 듯 우뚝 선 3개의 고층빌딩, 그 꼭대기에 척 하니 올려놓은 배 한 척. 그런데 그게 수영장이라고? 비현실적인 인피니티풀에서 망중한을 즐기는 관광객 너머로 화려한 도시 풍경이 아득하게 펼쳐지다니. 세상에나. 저런 호텔에 하루만 묵어봤으면 소원이 없겠다. 하룻밤에 얼마일까? 70만 원? 내가 뭐 70만 원이 없나? 소원을 이루는 값어치치고는 소박하잖아! 의식의 흐름이 그렇게 된 거다. 다시 말해 마리나 베이 샌즈에 묵으려고 일부러 싱가포르에 방문했다 해도 과언이 아니었다. 비수기에 이런저런 할인을 받아서 결국 40만 원대에 결제하긴 했지만, 하룻밤 숙소 가격치고는 엄청난 출혈을 감수한 셈이었다.

총 3박 4일의 일정 중에 첫 2박은 아랍스트리트의 도미토리에 묵었다. 맹세컨대 마리나 베이 샌즈에 투자하느라 돈이 없어서 그런 게 아니다! 마지막 날 호텔에서 느낄 감동을 배가하기 위한 베테랑 여행자의 지혜에 더 가깝다고 해두자.

세계의 냄새나는 여행자들을 다 모아놓은 것 같은 도미토리에서 공동 화장실을 쓰며, 아침부터 밤까지 바쁘게 관광을 즐기다 보니 이틀이 금세 갔다. 이윽고 대망의 날이 왔다. 체크인 시간은 2시부터지만 얼리 체크인을 기대하며 오전에 출발하기로 했다. 콜택시까지 불러 의기양양하게 마리나 베이 샌즈 호텔을 외쳤다. 멀리서부터 보이는 호텔의 자태는 그야말로 황홀 그 자체였다.

다행히 이른 시간에도 체크인이 가능했다. 객실에 입성하는 순간, 나와 남편은 "우와" 하고 환호를 질러댔다. 우리가 묵었던 10인 도미토리 객실의 3배쯤은 될 듯한 크기라니! 게다가 화장실과 세면실, 샤워실과 욕조가 모두 따로따로 마련되어 있다니! 화장실에서는 가든 바이 더 베이가 내려다보이고 자동으로 커튼이 열리는 통유리창 밖으로는 어마어마한 도시 전망이 펼쳐져 있었다. 영화 감상을 하듯이 우리는 한참을 멍하니 창밖만 쳐다보고 있었다.

"자기야. 이래서 사람들이 돈을 쓰나봐."

고개가 자동적으로 끄덕여졌다. 그러나 감동을 마치기엔 아직 일렀다. 옥상에 위치해 있는 인피티니풀에 가기 위해 수영복을 입고 방을 나섰다. 57층 옥상에 도착해 엘리베이터가 열리자마자 쏟아지는 시각적 자극이란! 또 다시 환호가 시작됐다. 그날 하루에만 감탄사를 백사십 번쯤 외쳤으리라. 하늘 꼭대기에서 수영하는 기분을 무엇에 비교할 수 있을까. 싱가포르의 온갖 휘황찬란한 빌딩들이 발아래에 옹기종기 모여 있었다. 세상 위에서 느긋하게 누워서 헤엄치고 칵테일을 홀짝거렸다. 음, 이런 여행도 괜찮은걸?

특별한 밤을 위한 특별한 장소

최고급 호텔에서 보낸 1박 2일은 마치 판타지 체험 같았다.

신데렐라가 정해진 시간 동안 드레스를 입고 호박마차를 타고 왕자와의 댄스를 즐겼던 것처럼 우리 역시 체크인부터 체크아웃까지 기꺼이 마법에 취해 있었다. 신데렐라와 다른 점은 우리의 마법은 돈을 내고 구입할 수 있다는 것. 그러니까 럭셔리 호텔은 우리에게 매우 비싼 값을 치러야 하는 테마형 어트랙션 같은 것이었다.

그래, 우리는 호텔을 경험할 수는 있지만 호텔에서 살 수는 없다. 애초에 바란 적도 없고 감히 바랄 수도 없다. 생각해보면 여행 자체가 그렇지 않은가. 돈과 시간을 들여 즐거움과 추억을 사는 것이다. 타임아웃이 된 이후에는 다시 원래의 자리로 돌아와야 한다. 꿈같은 하룻밤은 그야말로 꿈이었기에 두고두고 꺼내볼 수 있는 추억이 된다.

그런 방식으로 접근해보면 꼭 비싼 호텔에서만 판타지 체험이 가능한 것은 아니다. 그곳에서만 만날 수 있는 아주 독특한 숙소들이 있는데, 조금 불편하고 낯설긴 하지만 한번쯤 묵어볼 만하다. 터키 카파도키아의 동굴 호텔은 실제 동굴을 깎아서 만든 까닭에 습한 한기가 느껴지지긴 하지만 꽤 쾌적하게 묵을 수 있는 곳도 있다. 볼리비아 우유니 사막 한가운데에 있는 소금 호텔도 빼놓을 수 없다. 끝을 알 수 없는 소금사막에서 소금을 채취해 단단하게 가공한 뒤 건물을 지어올렸다. 색만 하얗지 벽돌과 다를 바가 없는데 손가락으로 찍어 맛을 보면 짜다. 아니면 미안

싱가포르

마 인레 호수 위에 지어진 수상 리조트에서 하룻밤을 묵어보는 것은 어떨까. 대나무로 촘촘하게 지어진 방갈로인데 바닥으로 시커먼 호숫물이 출렁거리는 것이 보인다.(물론 벌레와의 동침은 감안해야 한다) 계단식 논으로 유명한 베트남 사파를 여행할 때는 교통이 불편할지라도 전망이 좋기로 유명한 숙소를 골라 묵었다. 덕분에 매일 아침 눈뜨는 것이 행복했다.

여행을 특별하게 만드는 방법에는 여러 가지가 있겠지만, 특별한 숙소를 고르는 것을 빼놓을 순 없다. 다음 여행의 밤이 기대되는 이유다.

안녕, 나의 사람

남미에 가야겠다는 생각을 처음 했을 때는 어떻게든 그와 함께하고 싶었다. 결혼한 지 6년, 사귄 기간까지 합하면 10년이 넘는 시간 동안 우리는 늘 함께였다. 여행 좋아하는 아내를 만난 덕에 처음으로 여권도 만들어보고, 신혼여행으로 동남아에서 정글 트레킹을 해야 했던 신랑이다. 그는 나와 만나기 전에 한번도 해외에 나가본 적이 없다. 원래 여행은 그렇게 힘든 건가보다 생각했단다.

소설가인 남편은 비교적 시간 운용이 자유로운 편이지만, 막상 몇 달의 시간을 여행에 쏟아붓기는 좀 부담스러웠던 모양이었다. 혼자서라도 가겠다고 고집을 부릴 때만 해도 그가 흔쾌히 오케이할 거라곤 생각지 못했다. 어떤 일이든 내가 하고픈 대로 내버려두는 맘 좋은 남자지만, 아무리 그래도 남미였다. 일본도 태국도 아닌 라틴 아메리카. 거리는 너무 멀었고, 기간은 너무 길었다. 다행히 평소 친동생처럼 지내는 후배들과 함께 떠나게 되면서 그는 조금 안심할 수 있게 되었다. 혼자서도 잘하는 아내라지만, 그래도 내심 불안하긴 했겠지.

항공권까지 사놓은 후 신랑이 큰 수술을 받기도 하고, 시댁을 설득해야 하는 문제 등 많은 고비가 있었지만 결국 난 떠났다. 크고 작은 죄책감과 무거운 마음이 등 뒤에 달라붙어 떨어지지 않았지만 절대 뒤돌아보지 않았다.

걸음을 맞춰가는 일

남미는 정말 멀고 멀었다. 각기 다른 항공사의 비행편을 세 차례 갈아타고, 해가 두 번이나 뜨는 것을 보고서야 땅에 발을 디딜 수 있었다. 동생 가족이 살고 있는 파라과이에서 여행을 시작해 아르헨티나, 칠레, 볼리비아, 페루로 이동했다. 새로운 나라에 갈 때마다 나는 남편에게 엽서를 써 보냈다. 매일같이 카톡이나 무료 통화로 안부를 주고받곤 했지만 심혈을 기울여 고른 엽서에 꾹꾹 눌러 쓴 손편지가 비행기나 배를 타고 지구 반대편까지 날아가는 상상을 하면 괜히 기분이 좋았다.

아버지의 반대를 무릅쓰고 인도에 갈 때도 그랬다. 뉴스에서는 연일 파키스탄 접경지역에서의 분쟁이 보도되고 있었다. 일부에 국한된다고는 하나 그런 곳에 이제 갓 성인이 된 자식을 흔쾌히 보낼 부모가 어디 있겠는가. 여행 가기 직전까지 부모님의 온갖 회유와 협박이 계속되었지만 내 고집을 꺾진 못했다. 그렇게 부모님 마음에 못을 박고 떠나는 심정은 무겁기 그지없었지만 여행은 정말, 진심으로, 말도 못하게 재미있었다. 살면서 그렇게 행복하고 즐거웠던 적이 없었다. 그러다가도 문득문득 수천 년 역사의 사원 앞에서 기도할 때나, 갠지스 강가에서 소원을 빌며 불붙인 초를 띄울 때 부모님을 생각하곤 했다. 그때도 엽서를 써서 보냈다. 나의 빚진 마음과 가슴 깊이 간직한 고마움이 바다를 건너고 하늘을 날아 나 살던 곳에 닿기를 빌면서. 어쩌면 우리가 누리는 행복에는 일말의 죄책감과 부채의식이 늘 세트로 따라다니는 건지도 모르겠다.

사실 남편이 아닌 다른 사람과 해외 배낭여행을 떠난 건 정말 오랜만의 일이었다. 이미 두 동생과는 숱한 국내 여행으로 서로의 합이 얼마나 잘 맞는지 알아왔던 터다. 걷는 속도가 비슷하다는 얘기가 아니다. 이들과 함께 걸을 때면 나는 곧잘 뒤처졌다. 이리저리 한눈을 파느라 주위 사람을 챙기는 일에는 무뎠다. 그러다 정신을 차리면 시야가 닿는 곳에서 항상 날 기다려주는 그들을 발견할 수 있었다. 그렇게 셋이 하루 종일 도시 곳곳을 쏘다니다 숙소로 돌아오면 밤마다 파티를 열었다. 맥주는 항상 맛있었고 가끔은 와인에 소고기도 곁들였다. 피스코라는 전통 술에 치즈를 안주 삼아 먹으면서 〈무한도전〉 같은 예능 프로그램을 다운받아 보며 깔깔대기도 했다.

매일 파티 같은 여행을 계속하면서도 순간순간 내 불규칙한 걸음에 항상 100% 맞춰주었던 남편이 떠올랐다. 정신을 놓고 돌아다니다 문득 뒤를 돌아보면 그는 지쳐서 숨을 헐떡이고 있었다. 그때부터는 내가 그의 컨디션을 챙길 차례. 그렇게 서로 걸음을 맞춰가야만 함께 여행할 수 있다는 걸 배워갔다.

양곤, 미얀마

안녕, 나의 사람

겨울 끝 무렵 그렇게 헤어졌던 우리는 지구 반대편에서 각기 다른 계절을 보내고 여름이 시작되는 5월에 다시 만났다. 얼굴을 마주한 순간, 그간의 걱정과 미안함은 눈 녹듯이 사라졌다. 우리가 함께할 수없이 많은 매일과 계절 앞에서 고작 하나의 계절 동안 떨어져 지낸 일은 아무것도 아니라는 걸 금세 알 수 있을 만큼.

이후로 남편과 나는 종종 따로 여행을 한다. 비행시간이 짧은 여행을 선호하는 남편은 중국과 일본을 선호하는 편이고, 배낭여행과 액티비티를 좋아하는 나는 주로 친구들과 동남아 여행을 다녀오곤 한다. 지구 반대편에 떨어져 있을 때도 우리는 보이지 않는 실로 이어져 있음을 안다. 게다가 실의 길이가 아주 길어서 어디에 있든 서로의 행복을 진심으로 응원하는 마음이 전해진다는 것 또한. 나의 행복이 상대에 대한 미안함으로 치환될 이유는 어디에도 없다. 왜냐면 우리는 서로의 돌아올 곳이니까.

삼십대 여자 셋, 그리고 남미 배낭여행

2015년 봄, 남미로 배낭여행을 다녀왔다. 워낙 먼 곳인 탓에 어느 정도의 준비가 필요한 장기 여행이었다. 다행히 난 혼자가 아니었다. 일생 동안 기억에 남을 여행을 함께할 동료가 있다는 건 대단한 축복이다. 다녀와서는 함께 에세이집도 출간하고, 합정동에 '쏨쏨'이라는 이름의 작업실도 만들었다. 북콘서트와 팟캐스트 출연까지 남미 여행은 다시없을 경험들로 이어졌다.

같이 가자, 남미

그런 여행이 어떻게 가능했을까. 지금 생각해보면 참 무모하기 그지없다. 〈원피스〉에서 주인공 루피가 마음에 드는 이를 만날 때마다 "너, 내 동료가 돼라!"며 당당하게 통보하던 것처럼, 한 때 직장 동료였고 가끔 며칠씩 여행을 함께하곤 하던 산하, 혜선 두 동생에게 나는 여행 메이트가 되어달라 청했다.

여느 때와 마찬가지로 셋이 모여 직장에 대한 불만과 잘 풀리지 않는 연애에 대한 고민을 술 한 잔에 녹이고 있던 차에 '세계일주'가 화두에 올랐다. 당시 〈꽃보다 청춘〉이 연일 화제였다. 청춘이라기엔 살짝 늦어버린 40대 남자들의 페루 여행기가 어쩜 그리 재밌던지. 당시 혼자서라도 남미에 가고 싶어 요리조리 궁리하던 나에게 두 사람의 합류는 무척이나 소망하던 것이었다.

"세계일주는 최소 1년은 잡아야 하는데, 여행 경험 없는 두 사람에게는 무리지. 여기서 가장 먼 남미 여행이라도 두어 달 다녀오면 세계일주한 거나 다름없어. 동남아나 유럽은 나이 먹어서도 갈 수 있잖아. 안 그래?"

대수롭지 않은 척하며 설득했지만 두려움이 없었다면 거짓말이다. 나는 이미 결혼 6년차에 접어든 유부녀였고, 산하와 혜선 또한 커리어를 한창 쌓아가야 하는 직장인이었다. 우리라고 한국에서의 모든 삶을 '일시 정지'하는 게 어찌 쉬웠겠는가. 역시 뭔가가 실현되는 데는 용기가 필요한 법이다.

우리가 함께 떠나기로 결정한 가장 큰 계기는 '지금 아니면 또 언제 해보겠어?'라는 치기 어린 생각이었다. 당장 하지 않으면 평생 못할지도 모른다는 위기감이 청춘 끝자락에 선 30대 여자

우유니 소금 호수, 볼리비아

들을 움직이게 만들었다.

　여행하는 여자의 심리를 들여다보면 참으로 묘한 것이, 홀로 설 수 있는 독립심과 언제라도 기댈 수 있는 연대감이 동시에 충족되었을 때 비로소 극강의 카타르시스를 발현하게 된다. 우리 여자 셋의 여행이 그랬다.

인생이 내게 준 선물

　일상에서는 서로 고민을 토로하고, 함께 울며, 위로했던 세 여자의 우정은 남미라는 새로운 땅에 도착하자 마음껏 현재를 즐기고, 젊음을 발산하며, 끝없이 도전하는 영화 한 편으로 변모했다. 24시간을 함께한 우리는 하루에도 몇 번씩 "재미있어", "행복해"라는 말을 뜬금없이 내뱉곤 했다. 밤하늘과 끝없는 소금 호수를 빼곡히 수놓았던 별무리 속을 유영할 때, 400년 동안 내린 눈으로 빚어진 거대한 빙하가 바로 우리 눈앞에서 굉음을 내며 무너져내릴 때, 해발 4,700m의 고산을 오른 끝에 69호수의 아름다움을 목격했을 때, 우리가 도착하기 얼마 전 용암이 분출했다는, 연기가 폴폴 나는 화산을 바라보며 트레킹할 때…… 우리가 두 눈으로 본, 혹은 아직도 모르고 있을 아름답고 놀라운 풍경들을 어찌 다 헤아릴 수 있을까.

많은 이들의 부러움과 걱정을 동반하며 시작된 우리 여행은 예정대로 잘 마무리되었다. 이후 우리는 원래의 자리로 돌아왔다고 생각했으나 실상 참 많은 것이 바뀌어 있었다. 여행으로 삶이 바뀌는 일은 없다고 생각했던 내가 이런 글을 쓰고 있는 것만 봐도 그렇다.

여행이 끝난 후 우리는 함께 만든 작업실에서 매일같이 만났다. 함께 책을 출간했고 여행 작가로서 기고도 하고 북콘서트도 하며 바쁘게 지냈다. 각자의 삶도 다른 방향으로 흘러갔다. 혜선은 회사를 그만두고 자기 회사를 차렸다. 마음이 어지러울 때마다 편도 티켓으로 날아가던 제주에 결국 터를 잡고 살게 되었으며 평생의 짝을 만나 결혼을 앞두고 있다. 여행을 다녀온 후 다시 회사에 들어가지 않고 여행 작가로 활동하던 산하는 몇 차례의 방황 끝에 결국 작업실을 나가게 되었다.

셋이 하나처럼 남미 대륙을 종횡무진하며 누볐던 시간들이 아득하다. 여행을 다녀와서 웃고 즐기던 시간들. 이제 우리 관계는 예전 같지 않다. 여행은 삶을, 시간은 사람을, 관계는 마음을 변하게 만들고 결국 모든 것은 달라진다. 그 변화를 받아들이는 과정 자체가 인생이겠지. 그렇지만 하나, 변하지 않는 것. 모든 것이 완벽했던 여행만큼은 내 인생에 다시없을 선물이었다.

경계와 즐김 사이

얼굴이 뽀얀 이십대 두 '여자아이들'은 꽤 새침했다. 볼리비아 티티카카 호수에 있는 태양의 섬은 워낙 좁아서 한번 본 얼굴을 몇 번이고 마주치게 되었다. 유난히 우리나라 사람이 적어 반갑게 인사했는데, 반응이 참 뜨뜻미지근했다. 반갑게 인사를 건네는데도 도도하게 고개만 살짝 까딱일 뿐이었다. 다른 도시에서 또 그 아이들을 볼 기회가 있었다. 또래 남자아이들이 시중들 듯 그 아이들의 짐을 들어주는 모습을 보며 웃음이 났다.

여자의 여행

3개월 가까운 남미 여행 동안 우리와 동행했던 여행자들을 살펴보면 대부분 이십대 남자 대학생들이었다. 이미 커리어가 10년씩 쌓인 삼십대 여자들 – 게다가 한명은 유부녀! – 과는 꽤 안어울리는 조합임에도, 남자아이들은 넉살좋게 누나, 누나 하며 우리를 잘 따랐다. 어느 날 그중 한 녀석이 억울하다는 듯이 이렇게 하소연했다.

"누나, 외국에서 동양 남자는 개보다 못한 거 아세요? 동양 여자들이 제일 인기 많고요."

"원래 이십대 여자애들이 제일 인기 좋을 때야" 하고 웃으며 넘기다 문득, 나도 그 나이 때 외국 여행을 하며 처음 받아보는 융숭한 대접에 어리둥절해 하고 즐기기도 했던 기억이 났다.

'옐로 피버'라는 동양 여자에 대한 편견 내지는 성적 판타지가 있다는 걸 안다. 그걸 감안하더라도 많은 동양 여자들, 특히 동북아시아 여자들은 전혀 다른 문화권에 갔을 때 자신의 가치가 한껏 올라가는 경험을 한다. 우스갯소리로 '동남아에서 먹어주는 스타일'이란 얘길 듣거나, 한국에서는 별 인기가 없는데 이탈리아나 프랑스에 가면 길 가다가도 고백 받는 놀라운 경험이 종종 벌어지지 않는가.

여자로 태어났다는 것을 한번도 축복으로 여겨본 적 없는 나 같은 애는 오죽했을까. "너 정말 아름답다", "배우 ○○○를 닮았네. 너를 ○○○라고 부르겠어"와 같은 찬사는 일상이고, 같이 사진을 찍자, 사인을 해달라, 밥을 먹자, 데이트하자, 호텔에 가자

인레 호수, 미얀마

고 조르는 남자도 여럿이었다. 추워 하면 입고 있던 옷을 벗어주고, 짐을 들어준다거나 차를 태워준다거나 작은 기념품을 선물로 주는 등의 순수한 호의들도 빈번했다. 가끔 사기 치는 놈들도 있으니 너무 도취되는 일은 경계해야 마땅했지만.

그 뽀얀 얼굴의 여자아이들도 이제 막 다른 세상에 도착해 온 누리가 자신에 대한 찬사로 도배된 기쁨을 만끽 중이었을지도 모른다. 반면 남자애들은 사정이 다르다. 동양 문화에서 기본적으로 대접받는 존재는 어린 남자애들이다. 남성중심적인 문화의 공기 안에서 숨 쉬듯 우위를 누리던 이들이 갑자기 보호막이 사라졌을 때 느끼는 감정은 당혹감에 가깝다. 자기가 이야기하고 있는데 사람들은 여자애들의 이야기에만 귀를 기울인다. 자기가 들고 있는 짐이 더 무거운데, 여자애들이 든 가벼운 짐을 서로 들어주려고 한다. 상인들조차도 여자애들이 물건을 살 때는 잘도 웃으며 깎아주면서 자기들한테는 얄짤 없으니! 이유도 알지 못한 채 부당한 대접을 받는 기분이 드는 게 당연할지도 모르겠다.

우리는 모두 귀한 존재야

스스로를 객관적으로 바라볼 기회를 갖지 못한 채, 그저 수많은 어린애, 평범한 여자애, 대학생 혹은 회사원 중의 하나로 살아왔던 당신. 여행하면서는 '작고 약하고 어리숙한 동양 여자'라는 정체성과 동시에 그 자체만으로도 충분히 매력적이고 사랑받을 만한 존재라는 것을 깨닫게 될 것이다. 그리고 조심스레 해보는 생각. '어쩌면 이게 진짜 내가 아닐까?'

다시 한국으로 돌아오면, 무서운 표정의 아저씨들이 어깨를 치며 지나가고, 직장에서는 부당한 대우를 받으며 억울함을 삼키게 될지 모른다. 아무리 치안이 좋아도 여자는 밤거리를 막 돌아다니면 안 되고, 야한 옷을 입거나 문신을 하면 눈총을 받는다. 유행하는 머리와 네일아트로 한껏 치장하고는 결국 집에서 밥상이나 차려야 할지도 모른다. 이럴 때 또 드는 생각. '이건 정상이 아니야.'

여행을 통해 우리는 다른 세상에 왔으니 나 살던 곳과는 다른 대접을 조금은 즐겨도 되지 않겠는가. 뭐가 진짜고, 정상이 아닌지 그 해답을 찾는 것은 무리라 해도 말이다. 세상에서 가장 아름답고 존귀한 존재로 대접받았던 여행의 기억이 우리를 조금이라도 더 행복하게 만들었다면, 그 힘으로 이 험한 땅에서 다시금 살아나갈 수 있다면 된 거 아닌가. 그 도도한 표정의 여자애들도 그랬기를 가만히 바라본다.

나는 후회한다

무거워진 마음이 발걸음을 느리게 하는 순간이 있다. 오래 가슴속에 남아 있던 그 순간이 그곳으로 날 데리고 간다.

나는 왜 항상 후회할까

다시, 볼리비아 티티카카 호수의 '태양의 섬' 이야기다. 잉카 문명의 발원지. 온갖 전설이 전해내려오는 천혜의 섬. 해발 4,000m. 태양을 향해 우뚝 솟은, 지구에서 가장 높은 이곳에서 아이마라 원주민들은 자신들의 전통을 고수하고 있었다. 차도 다니지 않고, 똑같이 생긴 콘크리트 건물도 없는 곳. 사방이 바다 아니면 초원, 풀을 뜯는 노새와 염소, 돌로 쌓아 만든 목가적인 풍경뿐이었다.

그러던 중 저 멀리 양 떼를 몰고 지나가는 어린 소년의 모습에 우리는 탄성을 질렀다. 반은 장난삼아 "올라!" 하고 신나게 인사하며 손을 흔들었다. 함께 인사해주던 소년에게서 들린 말한마디, "꼬메". '먹다'라는 뜻의 스페인어였다. 우리는 짧은 스페인어로 배가 고프냐고 물었고, 아이는 그렇다고 답했다. 현실 속양치기 소년은 상상과 달랐다. 그림 같은 풍경에 감탄하던 우리들은 배가 고프다며 가까이 다가온 아이의 모습에 잠시 당황했다. 열 살이나 되었을까. 정오의 눈부신 햇빛이 괴로운지 아이는 꾀죄죄한 모습으로 잔뜩 찌푸리고 있었다. 분명 형에게서 물려입었을 후드티는 언뜻 보기에도 너무 작고 낡아 있었다.

그때 강렬하게 든 감정 중 하나는 나의 챙 넓은 모자를 그아이에게 씌워주고 싶다는 욕망이었다. 아, 왜 용기를 내지 못했을까. 길을 나서다 문득 뒤를 돌아보았는데, 아이는 그 자리에서계속 우리를 바라보고 있었다. 우리는 분명 눈이 마주쳤다. 그 순간이 오래 잊히지 않았다.

미련이나 후회가 많은 성격은 아니다. 중요한 일이 아니면(때론 꽤 중요한 일도) 별것 아닌 듯 넘기고 깊게 생각하지 않는다. 그런데 유독 오래 남는 기억들은 다 후회되는 순간들이다. 큰 사건도 아니고 아주 사소한 해프닝 같은 것들.

잉카 유적지를 관람하고 돌아오는 버스 안에서 들었던 피리 연주곡 '엘 콘도르 파사'. 마추픽추 등 페루의 잉카문명을 이야기할 때 자주 쓰이는 배경음악이다. 너무도 아름다운 페루의 자연 풍경이 창밖으로 지나가는데 라이브로 그 고운 음악을 듣노라니 가슴이 꽉 차올랐다. 피리 연주의 주인공은 이날의 투어를 책임져준 가이드였다. 수준급의 연주를 하는 것을 보니 음악을 하는 사람임에 분명했다. 고맙다는 인사를 하면서 팁을 줄까 말까 하다가 남들이 그냥 지나가기에 나도 그냥 지나쳐오고 말았다. 사실 몇 번 뒤를 돌아봤다. 돌아가서 '너의 음악이 나에게 큰 행복을 주었다'고 이야기하며 다만 얼마라도 팁을 쥐어줄걸. 두고두고 후회가 이어졌다.

스페인 세비야를 여행할 때였나, 슈퍼에서 한 할머니가 돈이 없어 바나나를 한 송이 다 사지 못하고 두 개만 사가는 모습을 무심코 바라본 적이 있다. 자세히 보니 얼마 전 길가에서 구걸하던 사람이라는 게 기억이 났다. 구걸도 신성한 노동의 한 부분일 수 있겠구나 생각했다. 자신이 할 수 있는 노동을 하고, 그 대가로 돈을 벌어서 먹고 사는 것. 거지나 재벌이나 우리나 다 똑같은 거 아닌가. 어쨌든 원하는 음식을 사기에 돈이 모자라다는 것을 확인한 할머니는 쉽게 뒤돌아섰다. 천천히 되돌아가던 그 모습이 오래 잊히지 않았다. 빵 하나라도 사서 쥐어드릴걸. 바나나 한 송이를 다 살 수 있게 모자란 돈을 대신 내줄걸. 오랫동안 할머니의 작은 뒷모습을 떠올렸다.

여행을 하면서 여기저기 후회의 기억들을 뚝뚝 흘리고 다닌다. 어디 여행뿐이겠는가. 지나온 삶의 순간에도 후회와 미련의 더께가 묻어 있다. 뒤돌아 조용히 울음을 삼키던 친구의 등을 보며 다가가서 꼬옥 안아주고 싶다고 생각했지만 그러지 못했다. 떠나가는 버스를 헐레벌떡 따라오며 망연자실한 표정의 아줌마를 창밖으로 바라보며 '아저씨한테 버스를 세워달라고 말할까'라고 생각하다가 눈을 질끈 감아버렸다.

행동할 수 있는 순간은 순식간에 지나가버린다는 것을 이제는 잘 안다. 뭔가를 해서 후회하는 것보다 하지 않아서 후회하는 것이 훨씬 많다는 것도. 그 찰나가 지나가도록 가만히 있지 말아야 했다. 양치기 소년에게 다시 뛰어가 "Mi regalo(내 선물이다)"라며 모자를 벗어 씌워주고, 음악에 재능이 있는 원주민 가이드에게 "너의 음악은 가치가 있다"고 말해 주고, 할머니의 바나나값을 대신 내주고 싶다. 시간을 되돌릴 수 있다면.

그래서 나는 '후회하지 않는 삶을 살겠다!'는 거짓말을 할 수가 없다. 앞으로도 아마 나는 또 후회할 일을 만들고, 죽을 때까지 후회하면서 살아가겠지. 애초에 인생이 어디 가벼운 것이었던가. 무거운 마음을 질질 끌며 또 빚을 지고, 미안해 하고, 더러는 갚기도 하고, 못하기도 하고. 참 방법이 없다.

그라나다, 스페인

홀로 여행하는 여자에게 보내는 편지

어느 날, 당신의 소식을 들었어요.

아무렇지 않은 보통의 날들 가운데, 당신의 소식은 벼락 같은 뉴스였어요.

'볼리비아에서 40대 한국 여성 시신 발견… 사인은 자상으로 확인'

하루에도 셀 수 없이 끔찍한 일이 벌어지고, 약한 여자와 아이들이 아까운 목숨을 잃어가는 이 세상에서, 당신의 삶은 그렇게 한 줄로 정리되었어요. 어쩌면 내게도 '아이고, 저런 끔찍한 일이' 혀 한번 차고 넘어갈 일이었는지도 몰라요. 당신이 성폭행당하고 살해당한 그곳이 내가 지구상에서 가장 사랑하는 곳, 티티카카 호수의 '태양의 섬'이 아니었다면요.

당신이 남처럼 느껴지지가 않았어요. 나의 다른 한 부분이 살해당한 것 같은 아픔 때문에 그날 하루 아무것도 손에 잡히지가 않았죠. 이 이상한 마음을, 억울함에 가까운 슬픔을 나 스스로도 납득할 수가 없어서 누구에게도 털어놓을 수가 없었어요.

내가 생의 환희를 느끼며, 평소엔 믿지도 않던 신께 감사하며 걸었던 그 길을 당신도 걸었나요? 짙푸른 하늘이 손에 닿을 것처럼 가까이 다가오고, 흰 구름이 당신을 따라 노래하던가요? 푸른 초원에 드문드문 풀을 뜯던 노새들이 문득 슬픈 눈으로 티티카카 호수를 바라볼 때 당신은 무슨 생각을 했나요?

그 모든 장면이 눈에 보이는 듯 선해지자 미칠 것만 같았어요. 그래요. 나는 당신을 모릅니다. 어떤 삶을 살았는지, 무슨 마음으로 홀로 지구 반대편까지 날아갔는지. 나와 내 친구처럼 당신 주변의 사랑하는 사람들도 당신을 걱정하고 만류했겠죠. 그럼에도 당신은 기어코 서른 시간 넘게 비행기를 타고 지구 반대편으로 날아갔습니다. 그리고 또 버스를 타고 배를 타고 해발 3800m의 호수 한가운데를 향해 다가갔습니다. 무엇이 당신을 그곳으로 불렀나요.

나는 당신의 죽음에 대해 아무 말도 할 수가 없어요. 태양의 섬을 찬양하는 에세이를 써서 책으로도 내고 잡지에도 실었죠. 눈부신 하늘빛, 하늘에 맞닿은 티티카카 호수, 초원의 노새들, 순

우유니 소금 호수, 볼리비아

박한 아이마라 원주민들의 사진을 그럴듯하게 찍어 SNS에 올리고 사람들의 찬사를 즐겼어요. 어쩌면 당신도 가기 전에 나의 낯간지러운 에세이를 읽어봤을지도 몰라요. 이 부끄러움과 죄책감을 어쩌면 좋을까요.

"여자 혼자 여행하는 건 미친 짓이야. 세상에서 가장 평화로워 보이는 곳이라도 어떤 살인마가 숨어있을지 모른다고! 여행을 가면 당신 죽을지도 몰라."

만약 누군가가 이 결과를 알고서, 시간을 되돌려 당신 앞을 막아선다면 당신을 멈추게 할 수 있을까요? 저 말을 듣고 당신은 '아, 그렇구나. 여자 혼자 여행하면 죽을 수도 있으니 집에 콕 박혀 있어야지' 하고 생각을 바꿀 수 있었을까요? 콧방귀를 뀌며 '앞일은 누구도 모르는 건데' 하고 성을 냈을지도 몰라요.

환상적인 트레킹을 마무리하고 유마니 마을에 숙소를 잡은 뒤 당신은 스스로에게 이렇게 말했을 거예요. '태양의 섬에서 하룻밤 묵기로 정한 건 정말 잘한 일이야.' 그 환상적인 저녁놀빛을 나는 알거든요. 황금빛의 태양이 호수 뒤로 넘어갈 때 감은 눈 사이로 가만히 전해오는 완전무결함. 눈을 뜨면 정말 천국이 그곳에 있어요. 바람의 온도, 묵묵히 오카리나 소리를 들어주던 나귀들, 품이 넓은 바다 같던 티티카카 호수의 고요함… 아직도 나의 기억 속에 이렇게나 생생한 걸요.

그러나 어디에나 짐승은 있기 마련이죠. 어둠이 내린 후, 문명 세계의 밖에서 본능만이 지배하는 악인을 만날 확률은 어쩌면 우리가 생각하는 것보다 클지도 몰라요. 그저 외면하고 싶을 뿐.

여자의 여행에서, 아니 여자의 삶에서 우리가 피식자(被食者)임을 깨닫게 되는 순간의 명징함과 충격을 뭐라 표현할 수 있을까요. 문명인의 교양에 기대고, 현대 사법 체계의 테두리 안에서 보호받다가 아주 잠깐 그 경계에 섰을 때. 우리는 그저 행운을 바라는 것밖에 할 수 있는 일이 없다는 걸 알게 되죠.

당신과 나의 차이는 단지 그뿐입니다. 나와 내 친구들은 그저 운이 좋을 뿐이었어요. 엄청나게 나쁜 일을 당할 수도 있었고, 흔적도 없이 죽을 수도 있었을 거예요.

그래요. 그렇지만 난 가만히 있을 수도 여행을 멈출 수도 없습니다. 지금껏처럼 앞으로도 그럴 거예요.

약한 여자이기 이전에 우리는 존엄한 인간이니까요. 새로운 것에 도전하고 싶고, 더 넓은 세상으로 나아가 더 많은 것을 보고 싶고, 더 나은 존재로 성장하고 싶은 인간이니까요.

당신의 죽음이 진심으로 슬프고 안타깝지만, 세상의 그 무엇도 당신을 막을 수 없었을 거예요. 비록 그 앞에 끔찍한 죽음의 운명이 기다리고 있다 해도, 죽기 직전까지는 어찌되었건 우리는 살아야 해요. 나무가 살아 있는 동안 더 깊이 뿌리를 박고 더 높이 가지를 내듯, 그렇게요.

죽을 때까지, 죽는 한이 있더라도.

세상의 뉴스는 당신의 죽음만을 이야기하지만 당신은 분명 멋진 삶을 살아낸 여성이었을 거예요. 그 죽음이, 선정적인 뉴스가 당신의 삶을 더럽힐 수 없어요.

당신을 존경합니다.

죽을 때까지 사는 것을 멈출 수 없는

당신을 닮은 한 여자가

성 조르제 성, 포르투갈

Part 3

우리의 여행도 언젠가는

론다, 스페인

여행자의 무게

– 장기 배낭여행에 대한 몇 가지 생각

환상

긴 배낭여행에 대한 환상이 있었다. 매일 아침 낯선 곳에서 눈을 뜨고, 새로운 사람을 만나고 처음 보는 음식을 먹는 특별한 날들이 일상이 되는 건 어떤 느낌일까. 여름휴가 일주일 정도로는 어림없었다. 최소 한 달은 되어야 한 도시에서 일주일씩 여유도 부려보고 동네 사람들도 사귀어보고 하지 않겠나 싶었다.

여행 속 일상

여행이 길어질수록 시간의 개념은 조금씩 달라진다. 보통의 일상과는 전혀 다른 시간과 공간에서 매일을 보내는 동안에도 일상은 계속된다. 치약이나 로션이 다 떨어졌을 때, 어느새 길게 자라난 손톱을 깎아야 할 때, 푸석해진 머릿결을 발견하고 슈퍼에서 그나마 익숙한 브랜드의 트리트먼트를 찾아내야 할 때, 제때 빨래를 할 수 없어 냄새나는 빨랫감을 이고지고 다녀야 할 때, 분명 새로운 숙소에 도착했는데 원래 그곳에 살던 사람처럼 초토화시키는 데 5분도 안 걸릴 때.

여행자의 삶

불편하긴 한데, 이렇게 살아도 나쁘지 않겠다는 생각이 든다. 아침을 직접 해먹는 게 귀찮으면 조식을 주는 호텔에 묵고, 샴푸나 비누도 큰 거 살 필요 없이 좀 좋은 호텔에서 주는 어메니티를 잘 모아두었다가 쓰고, 빨랫감이 쌓이면 세탁기가 있는 아파트를 찾아 묵고. 옷이 필요할 땐 현지에서 사서 입고, 다 읽은 책은 게스트하우스에 기증하고……. 내가 질 수 있는 짐의 무게를 알고, 딱 그만큼만 소유하는 삶.

자유롭지 않아

짐을 싸고 푸는 일은 아무리 해도 익숙해지지가 않는다. 한정된 내 그릇에 필요 이상의 것을 우겨넣는 비루한 욕심과 맞닥뜨리는 기분이 들어서다. 버릴까 말까, 고민을 하게 만드는 물건들이 끊임없이 나온다. 짐이란 것은 정신적, 육체적으로 부담이 되는 존재다. 생각해보자. 짐을 싸는 일도, 짐을 푸는 일도, 짐을 메고 이동하는 일도, 어딘가에 짐을 맡겨야 하는 일도 모두 성가시기 이를 데 없다. 자유로운 것 같지만 나의 몸은 언제나 저 짐덩어리에 매여 있다. 여행이 길어질수록 육체는 지치고 짐은 짐스러워진다.

긴 여행의 그림자

짧은 여행을 할 때는 위 단계까지 가기 전에 여행이 끝난다. 어찌 보면 다행스러운 일인 걸까. 짐을 짐으로 생각하지 않는다는 건 긍정적인 걸까. 여행 초반까지는, 그러니까 육체가 지치기 전까지는 여행자는 자신의 짐과 물아일체의 상태일 수 있다. 여행이 길어지면 그게 안 된다. 저 짐은 내가 아닌데, 나와 너무 오래 함께하고 있다는 사실이 낯설어지는 때가 반드시 온다.

여행자의 무게 –장기 배낭여행에 대한 몇 가지 생각

여행의 끝

여행을 하다가 모든 짐을 잃어버린 사람을 본 적이 있다. 인도에서였나 유럽에서였나. 오래 여행을 하던 이였다. 짐을 잃어버리는 순간 그의 모든 여행은 끝났다. 여권과 비행기표까지 잃어버린 그는 한국인 여행자들이 십시일반 모아준 돈으로 차비를 마련해 도시로 이동했고 대사관의 도움으로 한국에 돌아갈 수 있었다. 긴 시간, 무거운 짐을 몸처럼 가지고 다닐 때 이걸 잃어버리면 모든 것이 끝난다는 생각을 그도 했을까.

무게감의 의미

긴 여행에서 배우는 건 결국 그런 거다. 삶의 어떤 순간에도 완전하게 자유로울 수는 없다는 것. 아무리 무겁더라도 자신의 짐을 책임지는 자세 같은 것. 그것을 잃었을 때 감당하는 것 또한 오롯이 자신의 몫이다. 그리하여 달이 몇 번이고 차올랐다 사그라지는 눈부신 여행의 시간이 끝나고 돌아왔을 때, 등 뒤에 얹힌 무겁고 낡은 배낭이 든든한 전우처럼 여겨진다면, 그것만으로도 여행은 의미를 얻는다.

루앙프라방, 라오스

그곳에 사람이 산다
— 내가 가본 독특한 마을들

　　특별한 목적 없이, 보통의 관광을 하는 이에게 여행지를 정하는 기준은 아마 볼거리가 아닐까. 세계에서 가장 오래된 성당, 바로크 양식의 화려한 궁전, 모나리자가 전시된 대형 박물관, 무슨 영화에 나왔다는 유명한 서점, 한쪽으로 기울어져 불가사의하다는 높은 탑 등등. 이름만 들어도 '아 거기' 하고 알 정도고, 교과서나 미디어에서 여러 번 접해보았을 그런 곳들 말이다. 자, 이제 비싼 입장료는 감수해야 하고, 인증샷도 필수다. 패키지 여행은 아예 그런 곳들만 콕콕 집어보는 일정으로만 꽉 차 있지 않은가.

　　그러나 가끔은 특정한 하나의 스폿이 아니라 마을, 그리고 그곳에서 사람들이 사는 모습을 구경하며 먹고 자는 것으로 여행이 가득해지는 경험을 할 때가 있다. 세상의 모든 마을들이 나름대로의 개성과 매력을 지니고 있겠으나 유독 기억에 남는 몇 곳이 있다. 독특한 지형 안에서 정착해 집을 짓고 살고, 자연스레 시장을 형성하고, 때마다 축제를 열어 인생을 즐기는 사람들이 있다. 그들과 함께 단 며칠만 보내도 우리가 사는 이 지구가 참 다채롭고 신기하다는 생각이 든다.

절벽 위 마을

　우리나라에서도 무척 유명한 여행지가 된 스페인의 론다는 절벽 위에 자리 잡은 오래된 도시다. 안달루시아 지방 특유의 이국적인 매력은 물론, 유서 깊은 투우장과 절벽과 절벽 사이를 연결하는 웅장한 누에보 다리 등 볼거리도 많다. 패키지에서는 오후에 몇 시간 정도 들러 누에보 다리와 투우장만 둘러보고 가는 경우가 많다는데, 론다의 진짜 매력은 누에보 다리 건너 구시가에 있다.

　중세 도시를 그대로 보존해놓은 듯, 오래된 건축물들이 경사지고 좁은 골목에 빼곡히 들어선 사이로 거대한 협곡과 절벽이 펼쳐지는데 그 모습이 그야말로 기이하다. 100m는 족히 넘을 듯한 높은 협곡 아래로 세찬 강이 흐르고, 그 위로 아슬아슬하게 지어진 하얀 집들이 마을을 형성하고 있다. 야생의 자연을 빌려 아름다운 문화와 삶의 온기를 불어넣은 론다 사람들이 새삼 대단해

론다, 이탈리아

보였다.

느긋하게 산책을 마치고 저녁을 먹으며 즐기는 론다의 야경 역시 로맨틱 그 자체다. 그래서 론다에서는 최소한 1박을 해야 한다는 말이 나오나보다. 특히 누에보 다리는 아무리 여러 번 바라보아도 감탄이 멈추질 않는다. 완공까지 무려 42년이나 걸렸고, 건설 과정에서 50여 명의 사상자를 내기도 했다는 론다의 상징물. 협곡 아래에서부터 벽돌을 하나하나 쌓아올려 만들었다는데 시간이라는 단어의 위대한 의미를 절감하게 된다.

거대한 바위들의 마을

가장 인상적이었던 곳은 포르투갈의 몬산투라는 마을이다. 포르투갈과 스페인의 국경지대에서 가까워 리스본에서 차로 달려 3시간 만에 닿을 수 있었다. 멀리서도 산꼭대기 위에 형성된 이 마을의 비범함이 전해왔다. 마을 어귀에 주차하고 시선을 돌리자 놀라운 풍경이 연속되었다. 온통 바위뿐인 마을. 거리도, 벽도, 울타리도, 집도, 문도 모두 바위로 되어 있는데 더러는 깎고, 더러는 그대로 두었다.

마을의 많은 집이 거대한 화강암 바위를 품에 안은 채 지어져 있었다. 지붕도, 난롯가와 화장실도 온통 돌과 바위였다. 침실

한쪽에는 거대한 화강암 덩어리가 엉덩이를 들이밀고 있었다. 생경한 느낌에 손을 대니, 거칠면서도 온순한 질감에 그대로 두어도 괜찮겠다는 안도감이 들었다. 불쑥불쑥 밀고 들어오는 바위의 존재감은 어느새 일상의 순간과 어우러져 더 이상 낯설지 않았다. 아니, 애초에 바위가 거기 있었고, 인간이 비집고 들어온 것일 테지. 그러니 바위가 사람을 받아들여준 것이다. 고맙다고, 다시 화강암의 엉덩이를 쓰다듬었다.

몬산투에 머무는 내내 어마어마한 안개에 휩싸여 한 치 앞을 가늠하기가 어려웠다. 안개가 기이한 마을의 분위기와 더 잘 어울리긴 했으나 풍경을 더 자세히 보고 싶던 마음에는 아쉬움이 남았다. 골목에 있는 작은 바에 들어가면 1유로도 안 되는 가격에 와인 한 잔을 마실 수 있던 곳. 그림 같은 풍경에 취해 보낸 2박 3일이 아스라하다.

물 위에서도 산다

또 하나 특별했던 마을을 꼽으라면 바로 미얀마의 인레 호수이다. 미얀마 북동쪽에 위치한 제법 큰 호수인데, 고지대라 시원하고 물도 맑은 편이라 천혜의 자연환경을 갖춘 지역으로 이름이 높다. 내가 갔을 땐 관광개발 붐이 일면서 여기저기 리조트를 짓느라 시끌벅적했으니 지금은 꽤 세련되어졌을지도 모르겠다.

인레 호수의 매력은 호수 주변에 마을을 이루며 살아가는 원주민들의 소박하고 편안한 모습이다. 찾아보니 '인타족'이라고 하는 미얀마의 대표적인 수상족이라고 한다. 이들은 태어나면서 죽을 때까지 호수 위에서 생활하는데, 티크나 대나무를 호수 바닥에 꽂아 기둥을 세운 뒤 수상가옥을 만들어 마을을 형성하고, 마을 공동체를 중심으로 정갈하게 살아간다. 호수 위의 절, 호수 위의 시장, 얼기설기 대나무를 엮어 만든 다리 위에선 아이들이 뛰어노는, 정다운 골목길 풍경이 펼쳐진 곳이다.

인레 호수, 미얀마

그곳에 사람이 산다 –내가 가본 독특한 마을들

우리는 전통 방식으로 지어진 수상 리조트에 묵었는데 방 갈로 형식으로 지어진 객실 바닥 아래로 호숫물이 찰랑거렸다. 침대에 누우면 물소리가 서라운드로 울려 퍼지는데 그 분위기와 소리, 냄새가 이상하게 편안했던 기억이 난다.

사람들은 어디서나 산다. 거친 바닷가에도, 깎아지른 듯 아 찔한 절벽 위에도, 정도 안 들어갈 것 같은 거대한 바위 사이에 도, 어두침침한 동굴 속에도, 정 땅이 없으면 호수나 바다 위에 부표를 띄우거나 진흙을 메워서라도 자리를 잡고 산다. 집을 짓 고, 가족을 만들고, 낚시를 하거나 사냥을 해서 먹고 살 궁리를 한다. 시장을 만들어 사람들과 교류하고, 신을 받들며 평안을 기 도하고, 그렇게 시간이 흐르고 흘러 이 세상이 만들어졌다고 생 각하면 내가 살고 있는 지구가 꽤 사랑스럽게 느껴진다. 난 왜 살 까 같은 헛된 고민은 저 멀리 사라지고, 지금 발 딛고 있는 이곳 에서 어떻게 하면 잘 살 수 있을까 고민하게 되는 것이다.

맛이 우리를 움직인다

입맛 까다로운 친구 커플과 우리 부부, 넷이서 대만 여행을 떠난 적이 있다. 초행길이었던 우리와 달리 수년 전 대만에 다녀온 경험이 있었던 친구 부부는 특유의 향이 나는 대만 음식에 거부감이 심한 편이었다. 특히 모든 음식에 배어 있는 고수 향이 너무 괴로웠다고 했다.

"냄새 때문에 끼니를 제대로 챙겨 먹질 못했어. 하도 배가 고파서 삶은 달걀이라도 먹어야겠다 싶어 주문했더니, 세상에 달걀도 고수 넣은 물에 삶은 거 있지!"

친구 부부는 고작 4박 5일 일정의 여행을 위해 한국 음식을 바리바리 준비했다. 대만은 처음이었지만 동남아 음식을 여러 번 접해본 우리는 뭐 그 정도까지일까 싶어 별다른 준비를 하지 않았다. 그리고 우리 예상은 크게 틀리지 않았다.

바간, 미얀마

우육면, 망고 빙수, 딤섬, 오리고기 등등 대만 음식을 섭렵해나갈수록 우리는 맛에 홀딱 빠져들었다. 돌아보니 친구 커플도 마찬가지였다. 냄새가 고약하다는 말은 쏙 들어가고 음식이 없어서 못 먹을 지경이었다. 지우펀에 가서는 취두부와 고수를 잔뜩 넣은 땅콩 아이스크림에도 도전해 성공했다. 내 돈 주고 음식을 사먹은 것뿐인데 그 지역을 정복한 기분이 든 건 왜였을까. 다행히 친구 커플 또한 이전 여행과는 비교가 안 될 정도로 만족스러운 여행이었다며 엄지를 치켜들었다.

때때로 맞지 않는 음식들

인도 여행에서 만난 한 언니는 향신료 냄새에 욕지기가 올라온다며 늘 바나나와 우유로 끼니를 해결했다. 그러나 과장할 필요 없이 인도 카레는 정말 장난 아니게 맛있다. 우리나라 카레와는 전혀 다른 경로의 맛이었는데, 그 맛에 눈뜨고 난 후 인도가 더 좋아질 정도였다.

동남아 음식은 말해 무엇하랴. 동남아시아 여행을 좋아하는 이유의 팔 할은 음식이다. 아무것도 안 하고 맛있는 세 끼(가끔은 네 끼)만 챙겨먹어도 동남아 여행의 이유는 충분하다. 내가 고수를 좋아하게 된 건 베트남 쌀국수 덕분이다. 쌀국수는 아무리 먹어도 절대 질리는 법이 없다. 동네마다 재료가 다르고 조리법이 달라서 먹을 때마다 새롭게 느껴진다. 진한 육수에 신선한 고수 향이 배어들 때 그 감칠맛과 향기로운 국물 맛이 궁극의 미각을 일깨운다. 국물을 들이켜면 나도 모르게 아저씨 같은 감탄사를 내뱉게 된달까.

똠양꿍은 쌀국수보다 좀 더 다채로운 결의 맛을 내는 음식이다. 재료와 향신료도 훨씬 더 많이 들어간다. 똠양꿍의 묘미는 뭐니 뭐니 해도 레몬그라스와 라임잎이 내는 독특한 신맛이다. 우리나라 음식의 신맛은 식초맛이거나 발효된 신맛인 경우가 대부분인데, 동남아 음식에는 신맛을 내는 천연 재료가 다채롭게 들어간다. 딱 보기에는 해산물과 시뻘건 칠리소스로 낸 얼큰한 매운맛을 연상하기 쉽지만, 국물을 떠먹어보면 예상을 완전히 빗나간다. 그 때문에 똠양꿍은 우리나라 사람들 가운데 유독 호불호가 많이 갈리는 음식인 것 같다. 그러나 동남아의 신맛을 즐기는 경지에 이르게 되면 바탕에 깔려 있는 해산물의 깊은 맛과 코코넛밀크의 고소한 맛까지 느낄 수 있다.

말 나온 김에 코코넛을 짚고 넘어가지 않을 수 없다. 열대 과일이다 보니 우리나라에서는 밍밍한 코코넛 음료 외에는 접할 일이 별로 없지만, 동남아에 가면 흔하디흔한 식재료 중 하나이다. 이 사람들 코코넛 없었으면 어떻게 먹고 살았을까 싶을 정도로 고급 요리부터 길거리 음식, 디저트, 음료에 다양하게 사용된다. 카레에 코코넛 과육과 즙을 넣으면 얼마나 고소하고 깊은 맛이 나는지 모른다. 촉촉하고 보들보들한 코코넛 빵은 내가 가장 좋아하는 디저트이다. 코코넛 커피와 코코넛 아이스크림은 먹어들 보셨는지? 코코넛 오일은 또 피부에 그렇게 좋단다. 다이어트 효과도 좋아 부담 없이 맛볼 수 있으니 말해 뭐할까.

이토록 맛있는 것들

이 글을 쓰는 지금 현재 나의 입 속엔 침이 가득 고여 있다. 태국이든 베트남이든 한달음에 달려가고픈 마음에 애꿎은 마우스휠만 돌려댄다. 흥분을 좀 진정시키기 위해 반대로 음식 때문에 고생했던 경험을 더듬어보려 한다.

아무래도 내 입맛은 상대적으로 아시아 친화적인 모양이다. 음식 때문에 곤욕이었던 일은 주로 유럽 국가들을 여행할 때 겪었다. 첫 유럽 여행이었던 프랑스에서 느꼈던 첫 문화 충격은 바로 치즈였다. 태어나서 접해본 치즈라곤 슬라이스 체다 치즈와 피자 위에 토핑된 모차렐라 치즈가 전부였던 난 어마어마한 치즈의 종류와 양, 생전 처음 느끼는 맛에 정신을 차릴 수가 없었다. 당시 내가 캠프 생활을 하던 프랑스 남부의 농장에서는 오후 티타임 때마다 6~7종류의 치즈를 전용 플레이트에 올려놓곤 했다.

다양한 치즈의 맛을 볼 수 있는 기회였지만 그때의 나는 치즈의 깊은 맛을 알아보기에 너무 어렸다.

살짝 달착지근하고 고소하고 느끼한, 내가 아는 치즈의 맛과 유럽 본토에서 직접 만난 치즈는 너무 달랐다. 아니, 내가 알던 슬라이스 치즈는 여기선 아예 취급하지도 않았다.(그게 인공 조미료로 맛을 낸 가공식품이라는 건 나중에야 알았다) 색깔도, 모양도, 식감도 생경한 유럽 치즈의 맛은 진하다 못해 쓰기까지 했다. 게다가 요상한 구린내는 또 뭐람. 유럽 친구들은 너무 맛있다며 작은 치즈 조각을 바게트와 함께 우아하게 즐기는데 나는 그럴 수가 없었다. 버터와 잼, 꿀 등 빵에 곁들여 먹을 수 있는 건 치즈 외에도 많았으니까 못 먹어도 상관없다고 생각했다. 그런 내게 세상 불쌍하다는 눈빛으로 그들은 말했다. "이렇게 맛있는 것을 즐기지 못하다니 이해할 수가 없네."

시간이 걸리는 맛

나이가 들면서 자연스럽게 알아보게 되는 맛 또한 있지 않든가. 치즈도 그랬던 것 같다. 쿰쿰한 맛이 일품인 고르곤졸라 치즈는 피자나 빵에 잘 어울린다. 쫀득하면서도 진한 카망베르 치즈는 와인 안주로 제격이고 딱딱하고 고소한 에멘탈 치즈는 쿠키

아시시, 이탈리아

위에 과일과 같이 올려먹으면 진짜 맛있다. 이렇게 나열하고 보니 그래, 역시 나이 탓이라기보다는 살면서 이런저런 경험을 하고 다양한 식사를 즐기다보니 맛을 깨치게 되었다고 얘기해야 할 것 같다.

살면서 우리는 얼마나 다양한 곳에서 식사를 하고, 얼마나 많은 요리사의 요리를 먹게 될까. 새로운 세상을 만나며 우리는 조금씩 새로운 맛을 배우게 된다. 맛의 기억은 인생이 얼마나 다양한 맛으로 가득 차 있는지 상기시켜준다. 여행 가고 싶게 만들고, 어머니의 밥상을 떠올리게 만들고, 요리하고 싶게 만들고, 먼 곳에 있는 식당에 굳이 찾아가고 싶게 만든다. 우리가 새로운 맛을 받아들일 때 그 맛은 우릴 움직이게 한다. 생의 영역을 넓혀주는 것이다.

망고를 소금에 찍어 먹는 맛을 느끼기 위해 태국에 가고 싶고, 갓 잡아 올린 송어 튀김과 따끈한 밥이 아우러진 뚜루차를 먹기 위해 티티카카 호수에 가고 싶은 마음. 땀 흘리며 국물까지 싹 비우는 베트남 쌀국수, 번잡스러운 카오산의 노천 식당에서 즐기는 팟타이, 길가에 선 채로 후루룩 마시다시피 흡입하는 타이페이의 곱창국수, 이스탄불 갈라타 다리 근처에서 바다를 바라보며 먹는 고등어 케밥의 감칠맛, 라오스에서 야간버스 타기 전 꼭 챙기던 반미 샌드위치도 눈물겹게 그립다. 아, 포르투갈의 문어밥과 스페인의 파에야도 절대 실패할 리 없는 메뉴이지 않은가. 음식만 나열해도 밤을 지새우며 글을 쓸 수 있을 것 같다.

세상에는 맛있는 게 왜 이다지도 많은지! 미처 맛보지 못한 세계의 맛있는 것들을 상상하면 더 열심히 여행하고 더 오래 살아야겠다는 생각이 절로 든다. 삶의 의욕이 샘솟는다. 다시, 침이 고인다.

날씨가 아름다움을 망칠 순 없어

날씨가 여행에 미치는 영향을 무시할 수 없다. 물론 날씨라는 것이 내가 조종할 수 있는 게 아닌 이상 체념하고 받아들여야 한다는 건 알지만, 그래도 기껏 뛰놀 준비를 마쳤는데 우중충한 하늘에 비는 추적추적 내리고, 한기를 머금은 바람에 뒷골이 뻣뻣한 날엔 우울한 마음을 감출 수가 없다. 게다가 한 여행지에서 머무는 시간이 길어야 며칠이 고작인 보통 여행자들에게 날씨운이란 여행의 질을 결정하는 바로미터이지 않은가.

자칭 날씨의 여신이 된 이유

언젠가부터 나는 스스로에게 주문을 걸었다. 날씨가 좋을 거야. 좋아야 해. 내가 여행하는 그 며칠만이라도. 나는 날씨운이 좋은 사람이니까. 일기예보에 아무리 빗금이 죽죽 그어져 있더라도 그렇게 주문을 걸고 나면 왠지 빗금 사이로 해가 빼꼼 나올 것만 같았다.

그게 습관이 되었던 걸까. 제주도 게스트하우스에서 처음 만난 사람에게 아주 진지하게 날씨 얘기를 하고 말았다. 다음날 온갖 워터 스포츠를 예약해놓았는데 비 소식을 듣고 걱정하던 그에게 이렇게 말했던 거다. "걱정하지 마요. 나랑 있으면 비 안 와. 내가 날씨운이 엄청 좋거든."

어렵게 휴가를 내 혼자 제주 여행을 왔다는 타미는 지푸라기라도 잡고 싶은 심정이었는지 "언니는 날씨의 여신이에요!" 하며 바로 숭배 모드로 들어갔다. 속으로는 좀 찔렸지만, 주문을 걸 때는 1%라도 의심하면 부정 탄다는 말을 되뇌며 짐짓 자신만만한 표정을 지어 보였다.

천만다행으로 다음날 날씨는 환상적이었다. 구름이 끼긴 했으나 해를 적당히 가려주어 야외활동을 하기에 더없이 좋았다. 타미와 나는 하루 종일 '업'된 상태로 스노클링, 서핑, 패들보트, 선탠 할 것 없이 온갖 액티비티를 함께 즐겼다. 아름다운 바다와 완벽한 날씨, 유쾌한 여행 동무까지. 이 정도면 여행을 위한 모든 것이 갖춰진 게 아닌가. 더불어 '날씨의 여신'이라는 별명까지 얻었으니 일석이조였다. 다음날 아침, 제주도를 떠날 때가 되자 갑

사파, 베트남

작스런 폭우가 쏟아지는 바람에, 타미는 내게 열렬한 신도에 가까운 믿음을 가지게 되었다.

변화무쌍하기에 더 아름다운 것이 있다

참 이상한 일이었다. 누군가가 늘 그렇게 생각해주니 계속 그럴 것 같았다. 그러나 휴가차 온 태국에서 나의 날씨운은 효력을 다한 듯 어긋나기만 했다. 난데없는 폭우가 쏟아져 택시에서 내리지도 못한 채 망연자실하기도 했고, 모처럼 마음먹고 도전한 스쿠버다이빙 여행에서도 바람 때문에 파고가 높아 보트 출항이 취소되기도 했다.(그 때문에 푸켓까지 가서 야심차게 도전한 어드밴스드 다이버 자격증은 다음을 기약해야 했다)

그러므로 날씨가 여행에 주는 영향력은 결코 작지 않다 할 것이다. 그렇다고 해서 그 여행을 망한 여행이라 결론지어버릴 수 있을까. 여행에서 날씨를 바라보는 관점이 조금 바뀌게 된 계기가 있는데 바로 베트남 북부 산악도시 사파를 여행할 때였다.

높은 산맥 사이에 자리 잡은 고산 지역인 사파 일대는 기상 환경이 독특한 편이다. 다른 베트남 지역에 비해 시원한 덕분에 여름철에는 휴양지로 각광받는다는데 정작 그에 걸맞은 화창한 날씨를 보기는 어렵다. 산허리께까지 내려온 구름이 장관을 이루

날씨가 아름다움을 망칠 수 없어

기도 하지만 대부분은 흐린 하늘과 짙은 안개로 10m 앞도 구분하기 힘들다. 해발 3,000m가 넘는 판시판 산 정상은 더더욱 그렇다.

우리가 간 날도 그랬다. 숙소를 나설 즈음 잔뜩 찌푸린 하늘이 불안하긴 했는데, 아니나 다를까 케이블카 매표소에 도착하니 빗방울이 쏟아지기 시작했고, 판시판 산에 도착할 때 즈음엔 아예 폭우로 변해 있었다. 작은 우산 하나로 둘이 버티기엔 무리다 싶어 결국 우비와 젖은 몸을 감쌀 두툼한 가디건까지 사서 챙겨 입었다.

3,134m 정상에 갔다 능선을 따라 설치된 계단을 걸어 내려오는 길이었다. 구름 사이로 엄청난 장관이 펼쳐졌다. 어느새 빼꼼 해가 고개를 내미는가 싶더니 다시 새파란 하늘이 점점 영역을 확대해나가기 시작했다. 젖은 몸도 말랐고, 세상은 더 선명해졌고, 기분은 하늘을 찌를 듯했다.

중턱에 있는 커다란 절에 다다르자 내리쬐는 햇볕에 땅도 거의 말라 있었다. 경내를 산책하다보니 베트남 현지인들이 원형으로 둘러앉아 찰밥과 생오이를 펼쳐놓고 열심히 먹고 있었다. 호기심 어린 눈빛으로 구경하는 여행자가 배고파 보였던 걸까. 이리 오라는 손짓에 사양 않고 가서 한 손엔 찰밥을, 다른 한 손엔 즉석에서 슥슥 깎은 오이 한 덩이를 들고 소금에 찍어먹고 있는 나. 절경으로 둘러싸인 고산에서 현지인들과 함께 쪼그려 앉아 밥을 얻어먹고 있는 상황이 우습기도 하고, 그저 이 시간이 즐겁기도 해서 절로 웃음이 나왔다. 비가 오고 바람이 부는 게 무슨 상관인가. 배부르게 먹고 멋있는 세상 구경하면 됐지.

문득 여행 전 베트남 여행 정보 사이트에서 본 사파의 날씨 이야기가 기억났다.

"여름철에 사파를 방문하면 단 하루 만에 사계절을 모두 느낄 수 있다. 아침이나 오후에는 봄, 가을 날씨처럼 시원하지만, 한낮에는 여름 날씨로 돌아와 볕이 뜨겁고 구름이 드리워지기도 한다. 저녁에는 서늘하다. 여름철 한낮에는 우레를 동반하지 않은 짧은 폭우가 쏟아지기도 한다. 비가 지나간 뒤 무지개가 걸린 사파는 환상적인 느낌이 가득한데, 이로 인해 이 곳은 수년간 시적 영감의 원천이 되어왔다."

실제로 우리가 판시판을 방문한 몇 시간 동안 날씨는 천변만화했다. 바람이 불다가 비가 오고 검은 구름이 잔뜩 끼었다가 삭 비켜나고 눈부신 햇빛이 내리쬐다가 다시 어두워지고를 반복했다. 그때마다 일희일비하는 건 아무런 의미가 없었다.

나중에 숙소에 돌아와서 찍은 사진을 살펴보니 정말 가관이었다. 사진엔 폭풍우 속에서 젖은 머리카락을 얼굴에 잔뜩 붙인 채 우비를 입고 바보같이 소리치고 웃는 모습이 적나라하게 담겨 있었다. "이건 절대 남한테 못 보여주겠네" 했지만, 그 또한 그것대로 즐거운 기억이었음이 분명하다.

세상은 아름답고, 우리가 사는 동안 날씨는 만 가지로 변화 무쌍하다. 비 오는 날엔 비를 맞고, 햇살 눈부신 날엔 온기를 만끽하고, 바람 부는 날엔 옷깃을 여미면 될 뿐이다. 그렇게 당연한 것을 가지고 아름다운 세상을 부정할 순 없디.

사람 사는 세상으로 내려오는 길. 다시 무거워진 구름 때문일까, 고산지대에서 잔뜩 얻어먹은 찰밥 덕분일까. 든든해진 뱃속에 괜한 미소가 지어졌다.

동남아시아 여행에 입문하는 친구들에게 첫 여행지로 추천하는 도시는 방콕이다. 나의 첫 동남아 여행지이기도 하지만, 이곳만큼 동남아 여행의 매력을 응축해놓은 곳도 없기 때문이다. 뜨거운 열기, 세계에서 모여든 젊은 배낭여행자들의 에너지, 맛있고 저렴한 음식, 다양한 액티비티, 트렌디한 맛집과 숍, 강남 못지않은 화려한 쇼핑몰까지 그야말로 놀고 먹고 즐기기 위한 모든 것이 다 준비된 도시라 할 수 있다. 행복을 돈으로 살 수 없다고? 글쎄. 방콕은 돈으로 살 수 있는 천국이다. 게다가 많은 돈이 필요하지도 않았다.

지난여름 휴가로 남편과 오랜만에 방콕에 갔다. 내게는 네 번째 방콕 행이라 관광보다는 휴식의 목적이 더 컸다. 고급 호텔을 숙소로 잡아서 낮에는 근처 맛집이나 마사지숍 위주로 돌아다니거나 호텔 수영장에서 여유를 부리다 해가 뉘엿뉘엿 질 때쯤이 되어서야 외출을 했다.

첫날엔 무조건 카오산로드에 간다. 동남아시아 여행의 핵심이 방콕에 응축되어 있다면 카오산로드는 그 심벌이나 마찬가지다. 여기에 가면 세계 젊은이들의 펄펄 뛰는 기운을 만끽할 수 있다. 내게 카오산로드는 스물한 살 때 처음 도착했을 때나 지금이나 젊디젊다. 달라진 게 있다면 나다. 그때의 나는 진짜 가난한 배낭여행자여서 선택의 여지없이 근처의 최저가 게스트하우스에 묵고 길거리 음식으로 세끼를 때웠다면, 지금은 그렇지 않다는 것. 그만큼 나이가 든 것 같아 쓸쓸하기도 하고, 옛날의 내 모습을 기억할 리 없는 누군가에게 '야, 나 이만큼 컸어!' 괜히 의기양양한 기분도 든다.

어쨌든 여전히 젊고 자유분방한 카오산로드는 다시 나를 스무 살 젊은 시절로 돌려놓는 마법을 부린다. 클럽에서는 DJ들이 강렬한 비트의 음악을 쏟아내고, 호객꾼들은 어쩜 몇 년 전보다 한국말이 더 유창해졌다! 쇼핑한 물건을 가리키며 "누나 그거

루앙프라방, 라오스

얼마에 샀어? 나 더 싸게 해줄 수 있는데"라니. 순간 남대문에 온 기분이었다.

태국 하면 또 마사지 아닌가! 1시간에 250바트(8천 원)짜리 타이 마사지를 받았다. 넓은 실내에 지저분한 매트가 쪼로록 깔려 있고, 모르는 외국인들과 함께 신음소리를 내며 뭉친 근육을 풀었다.

맛있어 보이는 길거리 음식은 왜 이리 많은 건지. 시원한 땡모반 한 잔에 50바트짜리 팟타이 한 그릇을 흡입했다. 후식으로 바나나 로띠도 빼놓을 수 없다. 바나나와 연유만으로도 충분히 달콤하므로 다른 토핑은 추가하지 않는다.

노천 바에서 시원한 맥주 한 잔 마시고 싶었는데 배가 너무 불러서 엄두가 안 났다. 그러다 눈에 들어온 길거리 헤어숍. 레게 머리 한 줄 땋아주는데 50바트(1,500원)란다. 처음이라 일단 일부만 시도해보기로 했다. 내가 제일 좋아하는 초록색 실을 선택했다. 5줄을 땋는데 익숙한 손놀림으로 20분여 만에 끝. 생각보다 잘 어울려서 스스로도 놀랐다.

그렇게 몇 시간을 원 없이 놀았다. 호객하는 뚝뚝 기사와 적당한 가격에 흥정하고 호텔로 돌아가는 길. 캬, 속도감이 너무 짜릿하다. 발을 구르며 신나 하니 같은 방향을 달리던 옆 뚝뚝의 서양인 가족이 나를 보고 웃으며 따라 한다. 아, 신나!

호텔에 돌아와 '업'된 기분을 가라앉히며 포근한 침대에 몸을 뉘였다. "아, 너무 재밌었다! 오늘 우리 얼마 썼지?" 남편이 얼추 계산해 내놓은 금액에 나는 그만 웃음이 터지고 말았다. 둘이서 쇼핑하고, 먹고, 마시고, 마사지 받고, 머리도 하고 흥청망청 노는 데 고작 3만 6천원 들었다고? 우리가 이렇게 즐겁고 신나는 데 드는 돈이 3만 원이라니. 세상에 외치고 싶었다. 아니, 여러분 왜 방콕 안 와요? 행복을 돈 주고 살 수 있다니까요.

돈으로 행복을 사는 게 어때서

최고의 여행을 완성하는 요소는 여러 가지다. 날씨운도 따라줘야 하고, 숙소도 마음에 들어야 하고, 동행자와의 합도 중요하다. 그러나 솔직히 얘기하면 여행 만족도에는 돈이 미치는 영향이 가장 크다. 예산이 넉넉하면 여행하는 도중에 만나게 되는 수많은 시행착오와 불쾌한 상황을 상쇄할 여력이 생긴다. 반대로 없는 돈을 쪼개 하는 여행이라면 마음의 여유가 부족하다. 사소한 금액의 바가지에도 불같은 분노가 치밀어오른다. 작은 돈을 아끼기 위해 시간을 더 쓰게 된다. 물가가 비싼 나라에 가면 괜히 기가 죽기도 하는데, 결국 즐기러 온 여행자의 본령에서 벗어나게 되는 셈이다.(누구 못지않은 짠순이로서 수많은 시행착오 끝에 느낀 바다)

지난해 엄마와 여행으로 이탈리아 베네치아에 갔을 때의 일이다. 엄마 회갑 선물로 떠난 여행이었으므로 나는 이제껏 한 여행 중에서 가장 돈에 관대해진 상태였다. 한 끼에 2~3만 원 하는 식사는 보통이었고, 숙소는 최소 3성급 이상이었다.

베네치아의 명물인 곤돌라를 타보기로 했다. 알아보니 인당 가격이 아니라 배 한 대당으로 가격이 책정되어 있었다. 바가지를 막기 위해서인지 30분에 80유로 정도의 정가가 붙어 있었다. 고작 30분에 10만 원은 좀 비싸다 싶어 망설이는데, 문득 인터넷 유럽 여행 사이트에 곤돌라 동행을 구하는 글이 올라오던 게 생각났다.

"오늘 오후에 곤돌라 함께 타실 분! 2명 자리 있어요!"

운 좋게도 바로 동행을 구할 수 있었다. 리알토 다리 근처에서 접선하기로 하고 만나보니 이십대 초중반이나 되었을까 어려보이는 남녀 학생들이었다. 간단히 인사를 나누고 적당한 곤돌라 리에를 찾으러 함께 걸어다녔다. 운하 근처에서 줄무늬 옷을 입은 뱃사공들을 쉽게 찾아볼 수 있었다. 처음 마주친 뱃사공에게 가격을 물어보니 책정된 80유로를 불렀다. 서로 눈빛을 주고받았는데, 여학생은 조금 깎고 싶어 하는 눈치였다. 그러나 뱃사공은 인원수가 적은 것도 아니고 6명 정원이 다 찬 상태에서는 조금도 할인해줄 수 없다고 못 박았다.

"그냥 타죠. 얼마 차이 나는 것도 아니고."

엄마를 옆에 두고 흥정에 시간 낭비하는 게 싫었던 나는 일단 타자고 얘기했다. 작은 배에 옹기종기 여섯 명이 자리를 잡고 앉았고, 콧수염이 멋진 뱃사공은 목청 높여 칸초네를 부르며 좁은 운하 사이사이를 노 저어갔다. 돌다리 위를 건너가던 베네치아 시민이 그 자리에 서서 화음을 보태는데 오페라의 한 장면 속에 들어온 듯 신기했다. 웃으며 행복해 하는 학생들의 표정을 보니 문득 첫 유럽 배낭여행이 떠올랐다. 돈이 없어서 하루 종일 딱딱한 바게트 샌드위치 하나로 버티고, 루브르 박물관이나 몽생미셸 같은 명소까지 기껏 가서도 비싼 입장료에 간이 작아져 그대로 되돌아와야 했던 기억. 단돈 만 원이 얼마나 큰돈이었던가. 아끼고 아껴 바게트 대신 사먹었던 크루아상은 또 얼마나 맛났던지.

30분의 황홀한 시간이 끝나고 80유로를 걷어서 뱃사공에게 건네줄 때가 되어 나는 말했다.

"10유로씩만 주세요. 나머지는 알아서 할게요."

다들 10유로를 손에 들고 그래도 되나 하며 어찌할 바를 몰라 했다. "어차피 우리 둘이 탔으면 10만 원 썼을 텐데 덕분에 싸게 잘 탔어요. 고마워서 그래요."

지갑에서 40유로를 꺼내 보태서 뱃사공에게 주자 "You are a good person"이라며 엄지를 척 들었다.

"감사합니다!" "즐거운 여행하세요!" 낯선 도시에서 우리는 웃으며 헤어졌다. 생각했던 것보다 지출이 많았는데도 기분이 좋

베네치아, 이탈리아

았다. 돈을 아껴서 얻은 행복과 돈을 쓰고 얻은 행복 사이에는 어떤 간극이 있는 걸까.

배를 타기 전 몇 유로라도 깎고 싶어 하던 여학생의 심정을 나는 잘 알았다. 여행하다보면 가끔씩 만나는 행운, 누군가의 호의가 얼마나 소중한지 모른다. 단 한 명의 호의가 도시 전체의 호의로 느껴지기도 하니까. 대학생들은 10유로로 곤돌라를 타는 행운을 얻었고, 삼십대 후반이 되어서 여유롭게 여행할 수 있게 된 나는 그런 행운을 누군가에게 줄 수 있는 행복을 얻었으니 된 것 아닌가.

행복을 돈으로 살 수 있을까

미친 듯한 더위가 아침부터 밤까지 괴롭히고 있는 요즘이다. 돌 맞을 소리인가 싶지만 그래도 나는 여름이 좋다. 눈부시다 못해 강렬한 햇빛, 그 사이로 불어오는 미풍, 시원하게 쏟아붓는 비, 언제든 뛰어들고 싶은 바다까지 좋은 것투성이인 나의 여름, 그리고 지난여름에 만난 사람들.

인생이 여름인 사람들

지금 내 눈앞에는 바다가 펼쳐져 있다. 평범한 바다가 아니다. 파랑 중에서도 가장 곱고 쨍한 입자들만으로 찰랑거리는 투명한 바다. 희고 부드러운 백사장. 따사로운 햇빛이 내리쬐는 아

름다운 자연 속에서 사람들은 모두 행복해 한다. 아, 여름의 바다
는 천국이다.

여행 작가 친구들과 휴가를 맞춰 제주도 김녕 성세기 해변
에 놀러갔다. 나보다 며칠 앞서 휴가를 즐기고 있던 친구들의 독
촉으로 도착하자마자 수영복으로 갈아입고 해변에 나갔다. 적당
한 수온, 환상적인 날씨. 그것만으로도 내 기분은 최고 지점을 넘
어섰다.

"여긴 너무 얕아서 안 되겠어. 좀 더 깊은 곳으로 들어가 수
영하자."

J언니의 제안에 방파제 옆 3~4m 수심으로 보이는 깊은 바
다에 뛰어들었다. 우리보다 먼저 그곳에서 노는 무리들이 있었
다. 햇볕에 적당히 그을린 구릿빛 피부, 탄탄하고 옹골찬 근육 위
로 맑은 바닷물이 맺혀 있었다. 방파제 위에서 다이빙을 하고, 패
들보드를 타며 유유자적 노는 모습은 한량에 다름 아니었으나 그
들의 모습이 왠지 좋아보였다. 알고 보니 김녕회관이라는 펍을
운영하고 있는 사장과 스태프들이었다. 부산에서 하던 일을 그만
두고 제주도에 내려와 자릴 잡은 지 2~3년 되었다고 했다. 비교
적 최근에 내려와 형들의 일을 도와주면서 가게 자리를 알아보고
있다는 M과 친해졌다.

"부산에 있을 때는 돈 버는 데만 정신이 팔려 있었어요. 아
침엔 수영 강사로 일하고 오후엔 PT일도 하고, 돈 많이 벌어서

빨리 자리 잡고 결혼하고……. 그게 유일한 인생 목표였다니까요. 그런데 형이 보내준 제주도 바다 사진 보니까 와, 내가 이 좋은 데 두고 왜 불행하게 살고 있는 거지 싶은 거예요. 내려와보니까 너무 좋아요. 좋아하는 일만 하고 살아도 모자란 인생이잖아요."

회관 일을 마친 이들과 밤에는 맥주까지 사들고 또 밤바다를 보겠다며 방파제에 올라갔다. 음악을 틀어놓고 파도소리를 들으며 맥주를 홀짝이는 맛. 눈을 감았다 뜨면 꿈인지 현실인지 모를 황홀한 밤이었다. 피가 절절 끓는 청년들은 칠흑같이 어두운 밤바다 앞에서 결국 웃통을 벗어던지고 뛰어들었다. 어둠 속에서도 행복해 할 수 있다면, 그보다 더한 것이 세상에 있을까 싶었다.

꿈을 현실로 만든다는 것

제주도 바다에서 김녕회관 친구들과 수영하고, 서핑하고, 스노클링하며 노느라 3일을 보낸 터였지만 사실 내겐 다른 계획이 있었다. 바로 스킨스쿠버 자격증을 따는 것. 제주도에서 돌아온 며칠 후 나는 태국으로 떠났다. 방콕에서 남편과 3박 4일의 여유로운 여행을 마치고 나는 홀로 푸켓으로 향했다. 오픈워터와 어드밴스드 자격증을 한번에 따는 게 목표였다.

미리 예약해둔 '토닉탱크'라는 한국 업체를 찾아갔다. 산과

김녕성세기 해변, 제주도

사라 부부가 운영하는 현지 다이빙숍이었는데, 비수기인 탓에 학생이 나밖에 없는 관계로 일대일 맞춤 강습을 받을 수 있었다.

동남아시아의 푸른 바다는 가히 세계 최고라 불릴 만하다. 이왕 물속 세계를 탐험할 거면 아름다운 바다에서 경험하고 싶었다. 푸켓은 이름난 관광지인 탓에 물가가 비싸긴 했으나 한번쯤 경험해보고 싶은 곳이기도 했다. 첫날 이론 강습 후 둘쨋날에는 보트를 타고 라차야이 섬까지 나갔다. 수트를 입고 장비를 착용하니 제대로 걷고 움직이기도 힘들 만큼 몸이 무거웠다. 그러나 바다에 풍덩 하고 들어가니 다른 세상이 펼쳐졌다.

인간이 지구상에서 무중력 상태를 경험할 수 있는 가장 환상적인 방법은 바로 바닷속에 있다. 신발 대신 핀을 착용한 두 다리는 부드럽게 물을 휘저으며 추진력을 만들어냈다. 허리를 펴고 머리를 위로 들면 둥실 몸이 위로 떴고, 아래로 가고 싶으면 허리를 굽히고 다리를 위로 들면 되었다. 조금 적응하니 몸이 자유자재로 물속을 휘젓고 다닐 수 있게 되었다. 그래, 나는 다이빙 체질이었던 것이다!

'준비된 다이버가 왔다!'며 산 선생님이 폭풍 칭찬을 퍼부어주었다. 경력 18년차의 베테랑 다이버인 그는 스쿠버다이빙이 얼마나 안전 지향적이고 체계적인 스포츠인지 가르쳐주었다. 제주도의 한 호텔에서 근무하던 호텔리어였던 그는 휴가차 푸켓에 갔다가 다이빙을 접한 후 인생이 통째로 흔들리는 느낌을 받았다고 했다.

"'또라이' 소리 들었어요. 푸켓에서 전화로 사직서를 냈으니까. 하하. 지금 생각하면 참 미친 짓인 것 같은데 그때는 그렇게 하지 않고는 못 견디겠더라고요."

가족으로부터 엄청난 반대에 부딪힌 것은 당연지사. 그러나 다이빙을 선택한 것을 단 한번도 후회한 적이 없다고 했다. 3년 전에는 제자였던 사라 선생님과 사랑에 빠져 지금은 부부 강사로 활발하게 활동하고 있다. 좋아하는 일을 하며, 자신이 살고 싶은 곳을 스스로 선택해 삶을 꾸려가고 있는 부부의 모습은 정말이지 사랑스러웠다.

"가끔은 그런 생각도 해요. 난 왜 내가 태어난 한국에서 살지 못할까. 그런 팔자도 있나보다."

외국 생활이 벌써 18년차에 접어드는 그이지만 여전히 한국말을 더 많이 쓰고, 한국 방송을 보고, 한국어 인터넷 사이트를 뒤진다. 그렇지만 한국에는 거의 들어가지 않는다. 이건 어떤 삶이라고 할 수 있을까.

저것은 나의 삶

오히려 그런 생각이 들었다. 수없이 스쳐지나가는 여행의 순간들 가운데, 삶을 정면으로 관통하는 무언가를 포착하고 강력하게 잡아챌 수 있는 힘은 어디서 오는 걸까. 누군가에게는 한낱 한여름 밤의 꿈으로 흩어져버릴 행복의 순간을 어떻게 하면 한 방울도 놓치지 않고 잡아내 실체가 있는 것으로 빚어낼 수 있단 말인가.

준비되어 있지 않아도, 차근차근 순서대로 단계를 밟아 올라가지 않아도, 그저 본능적으로 '저것은 나의 삶이다'라고 알아볼 줄 아는 눈을 가진 사람들이 있다. 아니, 어쩌면 우리 모두가 그런 눈을 가지고 있는지도.

여행의 환상을 자신의 인생으로 만드는 사람들, 그러기 위해 치러야 할 대가는 분명히 있지만 적어도 내가 본 그들은 불평하지 않았다. 선택 이후에도, 엄청난 변화를 받아들인 이후에도 삶은 계속되고 있고, 그것은 그들이나 우리나 마찬가지다. 환상을 꺼버리고 다시 일상으로 돌아가기로 결심했다면, 그 또한 존중 받아야 할 선택이니 후회하거나 불평해선 안 될 일이다.

여행이 끝나고 일상으로 돌아가는 비행기 안. 이제 투명한 바다는 나의 SNS 안에서나 빛날 뿐, 숨 막히는 더위와 매연 가득한 도시에서의 하루가 계속되겠지. 작은 한숨이 이어졌다. 그러나 이 역시 불평해선 안 될 일이다.

부라노 섬, 이탈리아

우린 모두 연약한 인간이니까

페루 와라즈의 69호수 트레킹은 남미 배낭여행의 대단원을 장식하는 엄청난 도전이었다. 해발 4,600m라니. 보통 고도 3,000m 이상의 고산지대에서는 다양한 증상의 고산병에 노출된다. 볼리비아 우유니 마을부터 라파즈, 코파카바나, 페루 쿠스코에 이르기까지 3,000m를 훌쩍 넘는 고산지대를 한 달 가까이 멀쩡하게 여행해온 우리는 자신감이 충만했다. 고산병은 남 얘기인 줄만 알았다. 그때까지는.

해발 4,000m를 넘어가면서 산소가 부족하다는 느낌이 뭔지 제대로 실감할 수 있다. 게다가 내가 걷고 있는 길은 평지가 아니었다. 해발 100m에서도 오르막길을 오르면 숨이 차오르기 마련인데, 아무리 들이마셔도 산소가 절반밖에 안된다면 한번 들이마실 숨을 두 번, 세 번 들이마셔야 한다는 얘기다. 폐는 부풀어오를 대로 부풀어오르고 나중엔 머리까지 어지러웠다. 가이드가 산소통을 상비하고 있는 배낭을 보여줄 때 그 위험성을 감지했어야 했다. 점점 걸음이 뒤처졌다. 다섯 걸음을 비틀거리며 내딛고 그보다 오랜 시간을 주저앉아 헉헉대다가, 또 네다섯 걸음을 옮기고 또 멈춰서 숨을 몰아쉬기의 반복이었다. 분명 엄청나게 숨을 쉬고 있는데도 숨이 막혀오는 고통을 느껴야 하는 아이러니. 이런 데서 쾌감을 느낀다면 분명 변태겠지.

그렇게 죽을힘을 다해 다다른 목적지, 69호수는 눈이 시릴 만큼 파랗고 맑았다. 흥분한 서양 총각들은 벌거벗고 차디찬 호숫물에 뛰어들었다. 나는 그럴 용기가 안 나서 물을 손으로 떠서 조금 마셔보았다. 쩽 하니 시원한 맛이었다.

놀란 폐와 후들거리는 다리를 다독이며 아무 데나 걸터앉았다. 연약한 몸뚱이로 여기저기 참 잘도 다니는구나. 기특하다 내 다리, 내 몸.

난 약하지 않아

일곱 살 때 유치원에서 달리기 시합을 했는데 꼴찌를 했다. 늘 왜소한 체격이었던 나는 교실의 한 구석이나 문이 꼭 닫힌 작은 방에서 책 읽기를 즐겼다. 어깨는 늘 움츠린 채였으며, 눈길은

69호수, 페루

늘 아래쪽을 향했다. 이렇게 쓰고 보니 뭔가 좀 안쓰럽게 느껴지는데, 그러니까 나는 그저 흔한 문과형 학생이었던 거다. 100m 달리기는 항상 20초대 밖이고, 팔굽혀펴기는 하나도 못 하며, 피구에서는 제일 먼저 나가떨어졌다. 당구나 볼링도 시도해보긴 했으나 번번이 포기했다.

그런데 여행하면서 처음으로 알게 되었다. 나의 체력이 꽤 쓸 만하다는 걸. 한 달이 넘는 장기 배낭여행에서도 나는 단 한 번도 아파본 적이 없었다. 10km 넘게 걸어야 하는 일이 허다한 도보 여행에서도 지치지 않고 따라붙었다. 새벽부터 늦은 밤까지 이어지는 강행군에 다들 몸살을 앓을 때도 나는 하룻밤 개운하게 자고 나면 컨디션이 원상 복귀되었다. 몸으로 이루는 성취에 유독 자신이 없었던 건 그냥 그런 줄 알고 자랐기 때문이었다. 원래의 나는 그런 사람이 아니었는데 왜 그렇게 살았을까. 여행이 아니었다면 평생 몰랐겠지.

앞서 쓴 것처럼 나는 해발 4,600m 높이의 산을 트레킹했다. 파타고니아 지방에서는 빙하 트레킹에도 성공했다. 칠레 푸콘에서는 화산 트레킹, 태국 치앙마이에서는 정글 트레킹에도 도전했다. 내 두 발로 디딜 수 있는 곳이라면 다 걸었다.

어디 걷기만 했을까, 날기도 했다. 터키 배낭여행을 할 때는 패러글라이딩도 해보고 열기구도 타봤다. 수영을 배운 뒤로는 물속으로도 진출했다. 깊은 바닷속을 헤엄치기도 하고, 물 맑은 곳에서는 스노클링을 하며 물고기들과 놀았다. 지난여름에는 푸켓에 가서 스쿠버다이빙 자격증도 땄다. 아직은 오픈워터 등급이라 가장 깊이 들어간 기록이 18m인데도 엄청난 기압차로 귀의 통증이 상당했다. 하긴 태어나서 내 고막이 이런 기압을 경험해본 건 처음이겠지. 통증이 계속되어 병원에 갔더니 고막에서 출혈이 좀 있었단다. 아, 연약한 내 고막.

몸이 허락하는 한

조금 이상한 얘기를 하자면, 우주적인 관점에서 볼 때 인간은 참 연약한 생명체인 것 같다. 아가미가 없어서 물속에서 숨도 못 쉬는 데다, 아예 헤엄도 못 치는 이들도 있지 않은가. 조금만 높이 올라가면 산소가 부족해서 숨을 못 쉬고, 기온이 너무 높아도 너무 낮아도 못 산다. 습도가 높으면 불쾌지수가 높아진다며 아우성이고, 낮으면 건조하다고 기침을 해댄다.

적당한 온도와 습도, 높이, 지형 등 인간이 살아가기 위한 조건은 왜 이리 까다로운 건지. 그런데 재미있는 건 그 조건 안에서 참 부지런하게도 이것저것 도전하면서 살아간다는 것이다. 그래, 내 얘기다. 연약한 몸뚱이로 높은 산에 올라가봤자고, 바다 아래로 내려가봤자. 숨 막히는 고통과 고막의 출혈을 감수했음에도 지구 표면에서 낑낑대는 것 그 이상 그 이하도 아닌 거다. 그런데 그런 게 왜 이렇게도 재미있는 걸까. 비실비실한 몸으로 할 수 있다고 생각한 것을 기어코 해냈을 때 나 자신에게 느끼는 기특함, 거대한 대자연 앞에서 나는 보잘 것 없는 존재임이 분명하지만 그래도 나 이렇게 살아 있다고 바락바락 외치고 싶은 호기 같은 게 아닐까 싶다.

정복이란 말은 가당치도 않다. 차라리 객기에 가까울 거다. 숨쉬고, 걷고, 뛰고, 울고, 웃고, 소리치고, 높은 산을 오르고, 집채만 한 파도를 타고, 압력을 이겨내며 심해를 탐험하고, 날개나 풍선을 만들어서 하늘을 날고……. 이런 야단법석이 따로 없다.

엄마와 유럽 여행하기

엄마의 회갑 선물로 유럽 여행을 약속했다. 변변한 해외여행 한번 못해본 엄마를 두고 스무 살이 되자마자 고삐가 풀린 듯 세계 곳곳을 누벼온 불효녀의 죄책감도 약간 작용했다. 평생 잊히지 않을, 두고두고 자랑할 만한 여행을 선물해드리리라. 뻔한 패키지와는 전혀 다른 새로운 세계를 열어드리리라. 그러나 언제나 그랬듯, 상황은 마음같지 않았다.

세상에 완벽한 여행은 없다

여행지는 이탈리아로 정했다. 사진만 봐도 알 만한 명소가 많은 나라여야 했다. 기간도 넉넉히 잡았다. 2주. 패키지는 처음부터 고려 대상도 아니었다. 평생에 남을 모녀간의 특별한 여행을 패키지로 가다니 안될 말이었다.

함께 여행지에 대해 알아보고 준비도 할 수 있으면 좋았겠지만 제천 시골집에서 농사하랴, 시어머니 봉양하랴 여전히 여러 의무로부터 자유롭지 않은 엄마는 출국 전날에야 딸 집에 올라올 수 있었다. "난 다 좋아. 네가 알아서 해." 사실 같이 준비할 게 뭐가 있겠나. 나만 믿고 따라오세요 했다.

로마에서 시작해 아시시를 거쳐 피렌체, 베네치아까지 둘러보는 일정이었다. 거대한 로마 유적, 바티칸의 웅장함, 폼페이의 살아 숨 쉬는 화석들, 피사의 사탑, 피렌체의 두오모, 베네치아의 곤돌라… 이름만 들어도 절로 이미지가 떠오르는 곳들을 엄마와 손잡고 두루 둘러보고 마음껏 감탄하는 여행. 그러나 난 알고 있었다. 누군가와 함께하는 여행에 크고 작은 트러블이 없을 수는 없다는 걸.

첫 번째 문제는 내가 그리 믿을 만한 캐릭터가 아니라는 데 있다. 물건을 질질 흘리고 다니기 일쑤고, 방향감각도 제로라 길에 잘못 들어서는 일도 잦다. 소매치기 당할 뻔한 일도 가방을 뒤로 돌려멘 나의 부주의 때문에 발생했다. 한번은 열쇠를 현관문 밖에 그대로 꽂고 들어와 지나가던 사람이 문을 두드려 알려주기도 했다.

두 번째 문제는 엄마 스스로 무엇을 좋아하는지 전혀 모른다는 거였다. 여행하면서 무엇을 보고, 얼마큼 즐기고 좋아해야 하는지 전혀 감이 없었다. 거대한 콜로세움을 눈앞에 두고서도, 붓 터치 하나하나가 살아 있는 피카소, 몬드리안, 마그리트의 진품을 코앞에서 보면서도 그게 얼마나 대단한 건지 엄마는 알지 못했다. "이걸 보려고 여기까지 왔냐." 그 말 한마디가 얼마나 옆사람을 힘 빠지게 하는지 엄마는 몰랐다.

새로운 세상을 만나고, 사람 사는 것을 구경하고, 예쁜 것을 보면 감탄하고, 몰랐던 것에 호기심을 빛내고, 새로운 맛을 궁금해 하고……. 내게 당연하다고 생각되었던 여행의 방식들이 왜 엄마에게도 통할 거라 생각했던 걸까.

내가 엄마에 대해 아는 것

나는 엄마와 많이 닮았다. 생물학적으로는 거의 클론에 가까울 정도다. 나잇살이 붙은 걸 빼면 키와 몸집도 비슷하고, 당연히 얼굴도 닮았고, 잠귀가 어둡고, 술을 못 마시는 체질이며, 무던한 성격까지 꼭 같다.

그런데 아이러니하게도 나는 엄마와 친하지 않다. 나와 가장 친한 친구가 누구인지, 첫사랑은 누구였는지 엄마는 알지 못한다. 내게 일어난 일상사를 엄마에게 미주알고주알 얘기하는 게

(위) 베네치아, 이탈리아   (아래) 피렌체 베키오 다리, 이탈리아

영 어색하다. 경조사나 꼭 필요한 일이 있을 때만 통화를 한다. 젖 뗄 무렵부터 할머니 손에 자랐기에 엄마와 같이 보낸 시간이 상대적으로 적었다. 엄마는 인생의 대부분을 어른에게 순종하는 데 보냈다. 목소리 큰 남편, 서릿발 같은 시어머니와 지금도 같이 살고 있으니 말 다했지 뭐.

맏딸인 내게는 그런 엄마에 대한 연민이 있다. 60년간 책임과 의무에 얽매여 살아왔으니 이제는 좀 행복해져도 되지 않나 싶었다. 엄마의 인생은 충분히 그럴 만한 가치가 있다고 알려드리고 싶었다. 그러나 엄마에게는 딸과의 유럽 여행조차도 의무의 일환인 것처럼 보였다. 내가 가자는 대로 최선을 다해 따라오지만 거기까지였다. "됐지? 다 봤으면 가자" 하고 뚱한 표정을 지어 보일 뿐이었다. 한 끼에 5~6만 원짜리 음식이 차려져도 시골 밥상 앞에 앉은 것처럼 전투적으로 먹어치웠다. "맛대가리 없다"고 욕하면서도 꾸역꾸역 먹고 긴 트림을 10번 정도 해댔다. "아까우니까 먹어치우자" 음식 앞에서 엄마가 가장 많이 하는 말이었다.

엄마는 자주 지치고 불안해 보였다. 밥을 먹으면서도 초식동물처럼 주위를 쉴 새 없이 두리번거렸다. 여기는 엄마가 해야 할 일도 없고, 뭘 하든 누구 뭐라 할 사람도 없는데, 말만 하면 다 들어줄 경제력 갖춘 딸도 항상 붙어 있는데, 왜 엄마는 행복해 보이지 않을까. 좋은 풍경을 봐도 다리만 아프고, 시장이나 쇼핑몰을 가도 "안 살 거면 빨리 가자"고 하고, 미술관이나 박물관은 지루하기만 하고.

나는 엄마가 무엇을 좋아하는지도 모르고, 어떤 대화를 나눠야 할지도 몰라 답답했다.

"대체 엄마는 뭐가 좋아요? 엄마가 좋아하는 걸 알아야 내가 준비를 하지."

엄마에게 말했다. 슬픈 대답이 돌아왔다.

"모르겠어. 내가 뭘 좋아하는지 생각해본 적이 없어서."

살면서 엄마가 뭔가를 욕망해본 적이 있었을까. 그럴 기회조차 주어지지 않은 60년의 삶. 그 대단한 관광지에 가서 기껏 한다는 말이 "이거 다 청소하려면 힘들겠다. 여기 나무는 왜 아직도 푸르냐"가 전부였다. 엄마의 세계는 좁고 좁아서 나는 팔목 하나 들이밀 수가 없었다.

그저 작은 쉼뿐이라도

어쨌든 여행은 정해진 일정대로 무사히 끝났다. 나중에는 '괜히 2주씩이나 와가지고!' 속으로 타박하는 게 느껴질 정도로 엄마 표정이 너무 지쳐 보였다. 헤어질 때 엄마는 내게 고맙다고 수고했다고 얘기했다. 정작 난 듣고 싶었던 말을 듣지 못했다. 즐거웠어, 행복했어.

엄마와 유럽 여행하기

그래도 괜찮았다. 피렌체 두오모 쿠폴라에 오를 때 엄마는 얼굴이 벌게져서 400개가 넘는 계단을 올랐다. 이윽고 꼭대기에 도착해 피렌체 시내를 내려다보는 순간, 엄마의 미소는 진짜였다. 어찌나 해맑던지. 그때 난 엄마의 환한 미소를 본 것만으로도 됐다, 내가 받을 보상은 다 받았다 싶었다.

누군가를 행복하게 해준다는 건, 그 사람이 내가 세상에서 가장 사랑하는 엄마임에도 불구하고 이렇게 어려운 일이다. 다시 의무만이 가득한 세계로 돌아가는 엄마의 모습이 왠지 마음 편해 보였던 건 내 착각이었을까. 딸과 단둘이 보냈던 유럽에서의 2주가 엄마의 고단한 삶 한가운데 어떻게 기억될지 모르겠지만, 작은 쉼표 정도는 되었기를 바라본다.

다른 세상 엿보기

파아란 하늘, 저녁놀빛을 머금은 오렌지 빛깔의 구름, 선선한 공기, 수천 년간 수만 번은 다져졌을 단단한 길바닥. 그 위를 성큼성큼 걷는 수많은 행인들의 모습을 보면, 그들 사이에 섞여 함께 걷고 있는 나 자신의 존재감이 문득 낯설게 느껴질 때가 있다. 땅을 딛고 중력을 느끼며 공기를 마시며 하늘 아래 사는 건 다 마찬가지인데, 하늘과 땅 사이 얼마나 다양한 세상이 존재하는 것인지 갑자기 충격적으로 다가오는 것이다.

나의 세상은

소극적이고 부정적이었던 어린 시절을 기억한다. 당시 나의

말라카, 말레이시아

유일한 구원은 내가 살고 있는 이 세상 말고 어딘가 또 다른, 멋지고 화려한 세상이 날 기다리고 있을 것이라는 망상 속에 있었다. 그러니 자연스레 소설과 만화 등 가상세계로 빨려들어갈 밖에. 그러나 아무리 해가 질 때까지 책을 읽고 멍한 눈빛을 한 채 상상 속을 헤엄쳐나가도 결국 돌아오면 지독한 현실이었다.

대학생이 되어 가장 좋았던 건, 학교를 핑계로 매일 서울에 갈 수 있다는 사실이었다. 복잡한 마을버스를 타고, 더더욱 붐비는 부평지하상가를 건너 1호선 전철에 몸을 맡기는 시간. 그 지옥 같은 시간을 견디고 지상으로 나오면 인천과는 다른, 활기가 넘치는 신촌 거리가 눈앞에 펼쳐졌다.(실상 크게 다를 것도 없건만, 당시 열아홉 소녀에겐 공기마저도 다르게 느껴졌다)

아무 할 일 없이 길거리를 걷기도 하고, 민들레영토에서 괜히 시간을 죽이기도 하고, 홍익문고나 공씨책방에서 책을 뒤적이기도 했다. 그 시간이 너무 좋았다기보다 다른 세상에서 잠깐 머무는 것 같은 낯선 만족감 같은 게 있었다. 물론 이마저도 4년 내내 들락거리며 곧 사라져버렸지만.

나는 몇 가지 세계에서 살고 있는 걸까. 집에서의 내 자아와 바깥세상에서의 내 자아가 완전히 다른 사람 같다는 느낌이 들 때가 있다. 그러니까 집 안에서 나를 만나는 가족들은 바깥세상의 나를 전혀 모르고 있는 것이고 그 반대도 마찬가지다. 이러한 느낌은 여행지에서 더욱 극대화된다. 같은 레스토랑에서 주문을 하고 밥을 먹고 있어도, 지하철을 타기 위해 에스컬레이터에 함께 몸을 싣고 있어도, 드넓은 광장 안에서 함께 뒤얽혀 있어도, 좀처럼 그들의 세상에 내가 일원으로 함께하는 느낌이 들지 않는 것이다. 골목 뒤편, 계단참에 앉아 담배를 피우는 종업원의 권태로운 표정에서, 남편인지 사장인지 모를 남성에게 잔소리를 퍼붓는 호텔 아주머니의 화난 목소리에서 아주 잠깐 그들의 삶을 상상해볼 뿐이다. 사실 그건 순간적으로 지나가는 영화의 한 장면 같은 거여서 나 같은 여행자에게는 흥미로운 볼거리 그 이상 이하도 아닐 때가 많다. 나 또한 그들에게 쉴 새 없이 다녀가는 아시안 여행자들 중 하나일 뿐 나의 일상이 어떤 모습일지 상상도 하지 못하겠지.

외로움의 정체

가끔은 언어를 배워서 그들과 대화를 나눠보면 좀 더 깊이 그들의 세계에 들어가볼 수 있지 않을까 생각한다. 나의 언어, 한국어는 정말 자랑스럽고 사랑스럽지만 통용될 수 있는 영토가 너무 좁아서 아쉽다. 물론 언어가 같다고 하여 같은 세계에 살 수 있는 것도 아니다. 이 좁디좁은 영토 안에서도 우리는 너무 많은 세계를 만들어 그 안에만 머물고 있다. 같은 언어로 같은 장소에

리스본, 포르투갈

서 대화를 나누고 있는 와중에도 느끼곤 한다. 너와 나는 완전히 다른 세계에 살고 있구나. 그걸 흔히 '말이 안 통한다'고 표현하지만 아니다, 그냥 세계가 다른 것이다. 그 다른 세계에서는 보이는 곳이 여기선 보이지 않고, 같은 소리를 들어도 다르게 이해한다. 이 세계에서는 아름답고 눈물겨운 것이 그 세계에서는 오글거리고 진부한 것이 되어버린다. 내가 살고 있는 세계가 좁아지고 좁아져서 결국 나 혼자밖에는 설 자리가 없어지는 순간, 그때 느끼는 감정을 우리는 외로움이라 부른다. 아무리 곁에 사람이 많아도, 같은 말로 떠들어도 사무치듯 외로운 것은 나와 같은 세계를 공유하는 이가 세상에 없기 때문이 아닐까.

세상 좋다는 곳을 찾아 그렇게 돌아다니면서도 한번도 '이곳에서 살고 싶다'는 생각을 해본 적이 없었던 이유는 여기가 내 세계가 아니라는 걸 이미 깨달은 탓이다. 세계란 공간에 국한한 개념이 아니라 어떤 사람들과 어떤 관계를 맺고 살아가느냐에 따라 넓어지기도 좁아지기도 아름다워지기도 추해지기도 한다는 것을 이제는 안다.

언제나 여행은 다른 세상을 엿보는 즐거움을 선사한다. 그 즐거움이 오래 가기 위해서는 언제든 돌아갈 수 있는 나의 세상을 잘 가꾸어야 할 것이다. 그래서 여행과 일상의 균형은 내게 늘 중요한 숙제다.

여자들의 아지트 '씀씀' 이야기

아주 오랫동안 그 자리를 지키고 있었을 녹슨 대문이 힘없이 열려 있었다. 누군가를 거를 힘도, 의지도 없어 보이는 대문을 지나 넓은 마당 너머로 작업실 문이 보였다. 앞으로 세 개, 옆으로 일곱 개. 시멘트로 단단하게 다져진 열 개의 계단을 오르면 약간 기분 좋을 정도로 숨이 차올랐다. 고전적인 문양의 불투명한 유리로 된 현관문과 커다란 창문이 정겨웠다. 밖에 누가 왔는지 실루엣을 확인할 수 있을 정도의 투명도. 한낮의 햇빛을 담뿍 머금은 낡은 집은 밤이 되어도 스산하지 않았다. 넓은 거실에 커다랗고 튼튼한 테이블을 들였다. 이곳에서 우리는 먹고, 마시고, 생각하고, 글 쓰고, 울고 웃으리라.

2015년 남미 여행을 다녀온 뒤 나는 두 동생들과 함께 합정동에 글작가들을 위한 공동 작업실을 만들었다. 사실 아주 오래 꿈꿔오던 공간이었다. 오후의 햇볕이 잘 들어오는 커다란 창, 작고 아늑하고 잘 정돈된 방, 원할 땐 언제든 오갈 수 있는 작업실. 그곳에서 내가 쓰고 싶은 글을 써야지. 좋아하는 사람들을 잔뜩 불러 즐겁고 재미난 일들을 벌일 거야. 그로 인해 나도 성장하고, 사람들에게도 좋은 영감을 줄 테다.

그래서일까. 공간을 고를 때, 나는 사귈 사람을 고르는 기분이 되곤 한다. 작업실을 처음 고를 때도 그랬다. 집 외에 내가 머물 수 있는 공식적인 공간을 처음으로 스스로 찾아나선 거였다. 사람과의 관계도 그렇듯이 100% 만족할 수 있는 공간은 없다. 무언가를 충족시키면 다른 무언가는 포기해야 한다. 가장 중요한 것만 잘 맞으면 된다. 내가 이곳을 좋아할 수 있을까. 그 부분에서만큼은 자신 있게 그렇다고 얘기할 수 있었다. 처음 만난 순간부터 나는 이 공간을 좋아하고 있었으니까.

커다란 창으로 들어오는 햇빛이 거실 테이블에 촉촉하게 녹아드는 오후 3시를 사랑한다. 창문을 열면 독립영화의 배경을 연상케 하는 합정동의 거리 풍경과 지나다니는 젊은이들의 모습을 사랑한다. 드르륵 원두 가는 소리와 쪼르륵 커피 내릴 때 퍼져

나오는 향기를 사랑한다. 여기서 매일 마시는 커피는 질리는 법이 없고, 마감으로 피폐해졌을 때 동료가 건네주는 커피는 더욱 향기롭다. '쑴쑴'을 다녀갔던 수많은 여자 친구들을 사랑한다. 좁은 부엌에서 함께 해먹었던 떡볶이, 파스타, 잔치국수, 백숙으로 행복이 더해졌다. 함께 모여서 글을 쓸 때 나는 타자 소리는 세상 그 어떤 음악보다 더 달콤했다. 초록빛 옥상 공터, 우두커니 바라보던 서울의 하늘과 합정동의 지붕들을 사랑한다. 텅 빈 옥상에 우리의 웃음과 이야기가 차고 넘쳐흐를 때까지 모두 함께일 줄 알았던 시간들. 그 모든 시간들을 사랑한다.

내가 나일 수 있는 공간

매달 월세가 들어가는 공간을 운영한다는 게 얼마나 큰일인지, 내 생활의 얼마나 많은 부분을 할애해야 하는지 그땐 미처 알지 못했다. 이 공간으로 인해 우리가 얼마나 성장하고 기뻐할지에 대해서도 물론 예상하지 못했다. 나는 늘 깊이 생각하지 못하고 일을 저지르고 본다. 이후 닥쳐올 난관과 고통은 그때 생각하면 될 일이라고 뒤로 미룬다. 그 생각은 반은 맞고 반은 틀렸다.

3년 반이라는 시간이 흘렀다. 그 사이 많은 일이 있었다. 많은 사람을 만났고 많은 사람이 떠나갔다. 나고 든 자리에, 나는 한참 공허해 했다. 오도카니 비워진 나의 사랑하는 공간을 바라보는 것은 생각보다 외로운 일이었다. 결국 '쏨쏨'을 오픈하기로 결정했다. 이 아름다운 공간은 그에 걸맞은 아름다운 사람들로 채워져야 마땅했다. 현관문을 열자마자 보이는 커다란 테이블을 필요한 이들에게 빌려주기로 했다. 서너 명, 많게는 여섯 명씩 작고 예쁜 꿈을 품은 여자들이 모여 영화를 만들고, 책을 쓰고, 그림을 그리고, 바느질을 한다.

글을 쓰고 싶은데 적당한 기회와 자리가 없어 미루고만 있었던 여성 창작자들을 위해 글쓰기 소모임을 만들었다. 이런 모임을 기다리는 사람들이 얼마나 많았던 걸까. 공지를 올린 지 24시간도 되지 않아 정해진 자리가 다 찼다. 각각의 사연과 재능을 갖춘 여성들이 매주 이곳에 모여 글을 쓰거나 그림을 그린다. 서로의 이야기에 공감하고 울고 웃으며 점점 성장해나가는 모습은 마치 한 편의 드라마 같다.

합정동 7번 출구 근처 조용한 주택가 골목에 자리한 '쏨쏨' 작업실. 세상에 영원한 것은 없지만 영원할 것처럼 사는 사람들이 있다. 짓눌릴수록 오히려 튀어오르고, 상처받을수록 강해지는 사람들이 있다. 살아 있기를 멈추지 않는다. 하고 싶은 말을 쏟아내고, 연대의식을 확인하고, 그리하여 끝끝내 살아낸다. 행복해지고야 만다. 나는 다시 생각한다. 이 공간을 처음 만들 때 꾸었던 꿈을 다 이루고 말겠다고. 달빛 아래 옥상에서 영화 상영회를 열

고, 작가와 독자가 만나고, 아름다운 사람들이 만나 사랑하는 것
들을 나누는 일. 이 험한 세상을 기어코 살아내고 있는 많은 자매
들과 내가 사랑하는 이 공간에서 배우고, 꿈을 꾸고, 위로받고, 성
장하길. 내 소원은 그것뿐이다. 참 간소하지 않은가.

합정동 쑴쑴 작업실

여행을 삶으로 만드는 몇 가지 방법

2015년 남미 배낭여행을 다녀와서 여행을 함께한 친구들과 책을 냈다. 〈지금, 우리, 남미〉라는 제목의 여행 에세이다. '책을 냈다'는 4음절만으로 모든 과정을 압축하기엔 억울한 감이 있지만, 구구한 과정은 생략하기로 한다.

책 출간 후 내 이름 뒤에는 여행 작가라는 수식어가 붙기 시작했다. 고작 1권의 책을, 그것도 공저로 낸 데다 2쇄도 못 찍을 정도로 판매고도 형편없는데 과연 작가라 불릴 자격이 있는 걸까 싶었지만, 이후 변화한 내 일상을 들여다보면 여행하고 글 쓰는 것 외에 나의 정체성을 설명할 길이 없다. 정리하면 여행을 하고, 혹은 관련된 일을 하거나 글을 써서 책으로 출간하는 것이 요즘 나의 커리어다.

그렇게 어느 순간부터인가 나는 여행 작가가 되어 있었으나 원래 나의 타이틀은 아주 오랫동안 프리랜서 잡지기자였다. 2000년대 중반부터 손에 꼽기도 힘들 정도로 많은 잡지에 글을 써왔다. 유명인 인터뷰 기사부터 자녀 교육 방법을 조언하는 기획 칼럼, 가정주부를 위한 처세술, 연예계 이모저모에 대한 가십 기사까지 전국 방방곡곡 취재 다니고 밤새워 기사를 써서 송고했다.

눈코 뜰 새 없이 바쁘게 흘러가는 일상 속에서 여행은 나에게 숨 쉴 구멍이었다. 흔히 출퇴근이 자유로운 프리랜서라 여행도 자유로울 거라 생각하지만 오히려 반대다. 보장된 휴가가 없고, 클라이언트의 마감 일정에 맞춰야 하는 을의 입장이라 주 1회를 온전히 쉬는 것도 어려운 형편이다. 한번 끊기면 일이 다시 들어오리란 기약이 없기에 긴 여행은 더더욱 조심스럽다. 그럼에도 나에게 여행은 절실했다. 출국하기 전날에는 밤을 지새워 원고를 붙들고 있기 일쑤였고, 비행기 안에서도 마감 때문에 눈을 붙이지 못하는 날들.

터키 카파도키아의 비현실적인 풍경을 앞에 두고, '초등 수학, 4학년부터 시작이다'와 같은 기사를 쓰고 있거나, 폭우 때문에 인터넷이 끊긴 미얀마 바간에서 어떻게든 송고할 방법을 찾기 위해 시내 카페를 뒤지고 다니기도 했다. 물론 그 또한 여행의 일부가 되었지만.

사파, 베트남

생명력을 갈아넣다시피 일을 하지만 숨구멍을 찾아 몇 달에 한 번씩 여행을 다녀오는 것만으로도 내 삶은 꽤 괜찮다고 생각했다. 열심히 일한 것에 대한 달콤한 보상처럼 여겨지기도 했고, 거기서 얻은 에너지로 다시 일에 집중할 수 있었으니까. 이러한 패턴이 조금 달라지기 시작한 건 2015년 남미 여행을 다녀온 뒤부터였다.

프리랜서에게 3개월의 공백은 웬만한 일이 다 끊기기에 충분한 시간이었다. 완전한 백수라고 보긴 힘들지만 커리어가 어느 정도 재정비된 셈이었다. 일이 정리되니 일상도 확연히 달라지기 시작했다. 긴 여행이 준 에너지가 꽤 충전되어 있는 상태여서 몇 배의 용기를 냈던 것일지도 모른다. 그동안은 여행이 일상을 살아나가기 위한 인공호흡기 같은 거였다면, 이후부터는 편안하게 숨 쉬며 여행도 글쓰기도 즐길 수 있게 되었으니까. 여행은 그렇게 내게 삶이 되었다. 그리고 이건 그 과정에 대한 이야기다.

제일 먼저 꼽고 싶은 건 기획부터 집필, 출판사 선정까지 책 출간을 경험해본 일이다. 사실 간단하다고는 했지만 결코 쉬운 과정이 아니었다. 여행 에세이라고 하면 흔히 달리는 기차 안이나 숙소의 은은한 불빛 아래서 유유자적 글을 끼적이는 걸 상상할 텐데 정작 여행에선 글 한 줄 제대로 적어내려가기 어렵다.

배낭여행은 결코 여유롭지 않기 때문이다. 어떤 변수가 일어날지 모르고, 사전 조사도 해야 하고, 하루를 알차게 계획하고 진행해 나가기 위해 촉각을 곤두세워야 한다. 발길 닿는 대로 걷는 날도 있지만, 전체적인 범주에서는 반드시 준비가 필요하다. 책에 쓰인 모든 글은 여행이 끝난 후 따로 시간을 내어 하나하나 벽돌 쌓듯이 적은 것이다. 별도의 자료 조사나 공부가 필요한 부분도 있었다. 그 전의 여행에서는 하루하루 일기 쓰는 것조차 버거웠다면, 남미 때는 여행을 좀 더 완벽하게 마무리하고 완성하는 방법을 깨우친 덕에 그나마 여러 모로 수월하게 원고를 써내려갈 수 있었다.

우리 이야기, 우리의 공간

책 쓰기에 생각보다 많은 시간과 공이 들다보니 함께 작업할 수 있는 공간이 필요했다. 매일 카페나 집에서 모일 수는 없는 노릇이었다. 결국 우린 공동 작업실을 물색했고 세 명이서 돈을 합쳐 월세를 해결해보자 마음을 모았다. 그렇게 공간이 생기자 사람들이 모여들었다. 생각만 하던 일도 실행에 옮기는 게 쉬워졌다.

우리끼리 정기적인 글쓰기 모임도 갖기 시작했다. 공동 작업실에 각자의 책상을 두고 각자 일하는 것이 기본이었지만 그것만으로는 뭔가 부족했다. 일주일에 하루, 시간을 정해 다 같이 모여 평소에 정말 쓰고 싶었던 글을 쓰고 피드백을 나누기로 했다. 매주 2시간에 불과했으나 그때마다 쓴 글이 모이자 1년 후에는 책 한 권은 족히 될 양이 되었다. 꾸준히 쓰는 것 역시 작가로서의 정체성을 다지는 데 도움이 됐다.

작업실에서 우린 글쓰기 말고도 이런저런 일을 많이 벌였다. 의도한 건 아니었으나 어쨌든 '삼십대, 여자' 작가들이 모여 있는 곳이 아닌가. 다들 요리를 좋아해 서로 식사도 챙겨주고 가족같이 지내다가 가끔 죽이 맞으면 이벤트를 벌였다. '합정동 공항 프로젝트'라는 근처 여행자 테마 술집과 인연이 되어 여행 콘셉트 파티를 열기도 했고, 우리 책 〈지금, 우리, 남미〉로 북콘서트를 열기도 했다. 작업실 옥상에서 종종 고기 파티나 영화 상영회도 열었다. 여행 테마 굿즈를 만들어 스토리 펀딩에 성공하기도 했다.

결국 우린 작가의 꿈을 갖고 있는 다른 사람들까지 불러모았다. 보다 큰 규모의 글쓰기 모임을 주최해 누구든 글을 쓰고 싶은 사람이라면 함께할 수 있도록 독려했다. 웹진 형태로 여행 에세이를 연재하기도 했다. 하고 싶은 일을 마음껏 하면서도 일상을 살아갈 수 있다는 걸 알았으니, 다른 이들에게도 가르쳐주고 싶었다.

이런 와중에도 여행은 끊임없이 다녔다. 한 달 가까운 유럽 여행도 몇 번 다녀왔고, 태국에 가서 스쿠버다이빙 자격증도 따왔다. 혜선이 제주에 자리 잡은 이후에는 글쓰기 모임이 끝나자마자 바로 비행기표를 구입해 날아간 적도 있다. 여행이 뭐 별건가, 이게 다 여행이지.

내가 사는 방식을 위한 궁리

아침엔 수영을 하고, 점심때쯤 느긋하게 쓱쓱 작업실로 출근해 글을 쓰고, 가끔씩 사람들을 초대해 작당모의도 하고, 쉴 새 없이 여행 다닐 궁리를 하는 삶. 이게 내 삶이라니 태어나길 정말 잘했다. 솔직히 고백하면, 한창 일할 때보다 수입이 많이 줄어든 건 사실이다.(여행 작가로 먹고 사는 건 정말 돈이 안 된다) 일상과 완전하게 분리되어 있던 여행이 점차 삶에 스며들면서 어쩔 수 없는 선택을 해야 하는 경우도 있었다. 그럼에도 나는 점점 더 내 삶이 마음에 들어가는 중이다. 내가 나를 좋아하고, 내가 사는 방식에 만족하게 된 것 모두 여행 덕분이다. 여행에서 어떤 일이 일어날지 예상하기 힘든 것처럼 내 삶도 앞으로 어떻게 흘러갈지 알 수 없다. 그래서 더욱, 맘에 든다.

여행의 속도는 저마다 다르니까

올해 들어 벌써 다섯 번째 제주도행이다. '쏨쏨'에서 글쓰기 모임을 마치고 저녁 비행기를 타니 창밖으로 구름 위 저녁놀과 제주도의 야경이 펼쳐진다. 티켓은 언제나처럼 편도. 돌아올 날짜를 정하지 않고 떠난다. 갑자기 결정하게 된 것은 지난번 제주 여행 때 처음 만난 젊은 친구들 때문이었다. 오랜만에 다시 뭉치자고 연락이 왔는데 어찌나 반갑던지. 투명한 김녕 바다가 늘 머릿속에 일렁이고 있었던 것은 두 번째 이유였다.

삼십대도 가끔은 게스트하우스

김녕리를 다녀온 몇 년 사이에 이토록 힙한 술집이 생겼다니 새삼 어리둥절했다. 김녕회관은 제주도의 전형적인 오래된 주택을 개조한 술집이었다. 들어서는 순간 마치 홍대 한복판에 온 것 같은 젊고 스타일리시한 분위기가 마음을 붕붕 뜨게 했다. 이 술집의 주인은 부산에서 온 재형씨. 부스스한 긴 머리에 반쯤 감긴 나른한 눈, 걸쭉한 저음의 부산 사투리와 어마어마한 문신들! 일본 만화를 찢고 나온 외모가 김녕회관의 힙한 분위기와 더없이 잘 어울렸다. 알고 보니 그는 2년 전까지만 해도 평범한 회사원이었고, 나이도 내 동생 또래였다.(그래도 그가 날 누나라고 부를 때마다 흠칫하게 되는 건 어쩔 수 없었다)

김녕회관은 모르는 사람끼리도 쉽게 인사를 나누고 술잔을 마주치게 하는 마법을 부렸다. 나는 그렇게 김녕회관에서 운영하는 게스트하우스, 김녕장으로 숙소를 옮겼다. 세상에, 도미토리는 스물두 살 때 이후로 처음이었다. 그리고 당연히 김녕장에서 나는 최고령이었다.

처음 만난 여행자들과 금세 친해져 하루 종일 바다에 나가 스노클링을 하고 패들보드를 탔다. 김녕장 창고에 있는 장비를 맘대로 갖다 쓸 수 있던 덕분이었다. 신나게 수영을 즐긴 뒤에는 함께 맛집으로 몰려가 해물떡볶이에 맥주를 마셨다. 절절 끓는 청춘들은 한밤에도 바닷물에 뛰어들기를 주저하지 않았다. 방파제 위에 걸터앉아 기네스를 마시며, 보이지 않는 바다를 응시하던 푸른 밤의 기억. 그 기억이 나를 다시 소환할 것임을 이미 예감했는지도 모른다.

    몇 달 만에 김녕회관을 다시 찾았다. 여름 성수기가 기대
만 못했다고 했다. 재형씨는 약간의 우울증을 앓았다. 동업자 친
구와의 사이도 다소 틀어져 혼자 낮밤으로 일하다보니 몸과 맘
이 피폐해진 것이었다. 가게를 접어버릴까 하던 그의 맘을 붙든
것은 역시 공간에 대한 애착이었다. 어느 곳 하나 그의 손이 닿지
않은 데가 없고, 이곳을 다녀간 수많은 청춘들의 추억이 짧은 시
간에도 켜켜이 쌓여가고 있었다. 여전히 김녕회관은 제주에 정착
한 육지 출신 젊은 사업가들의 아지트 같은 곳이었다. 밤이 깊어
지자 영업을 마친 월정리 카페 사장 부부가 족발을 사들고 방문
했고, 한 달간 놀러왔다는 여자친구와 함께 포토그래퍼 경민씨도
회관을 찾았다. 몇 달 전만 해도 김녕장 일을 도우며 자기 이름을
건 식당을 내고 싶다는 포부를 밝혔던 M은 월정리에서 고깃집을
열었는데 장사가 꽤 잘되는 편이라 했다.
    뭐니 뭐니 해도 가장 날 놀라게 했던 것 M과 타미의 연애 소
식이었다. 둘 다 이전 여행에서 처음 만나 친해진 멤버들이었다.
    "우리 사귄 지는 한 달밖에 안됐어요. 우리의 만남을 아는

언니와 현정이에게는 왠지 직접 만나 얘기해야 한다고 생각했어요."

나는 그만 웃음이 터지고 말았다. 그러니까 불과 3개월 전만해도 우리는 모두 초면이었단 말이다. 그 사이에 둘은 사랑을 확인하고, 서로의 부모님을 찾아뵙고, 부산에서 커피숍 점장으로 일하고 있는 타미는 제주도로 이주를 고민하고 있었다.

"언니. 저는 김녕이 너무 좋아요. 제 인생의 터닝 포인트를 찾은 것 같아요. 인생이 완전히 달라져버렸어요."

고작 몇 달 사이에 저마다의 궤도를 찾아 가열차게 살아내며 온몸으로 변화를 겪어내고 있는 사람들. 누군가에게는 더위를 견디는 것만으로도 지치고 힘들었던 한 계절이 어떤 이들이게는 인생을 통째로 바꿀 터닝 포인트가 되는구나. 아, 나의 시간은 어디로 가고 있나.

엉망진창 제대로 사는 법

김녕에 머무는 동안 혜선이 찾아왔다. 네 달 전 제주시 건입동 쪽에 연세집을 마련한 혜선은 그럴듯한 인테리어를 해놓고, 연이어 들이닥치는 손님맞이에 피곤해질 대로 피곤해져 있었다.

"내가 수영 가르쳐줄게. 김녕으로 와."

생각해보면 혜선이 제주에 내려와 살게 된 과정도 아주 짧은 시간에 이루어진 것이었다. 물론 거기에는 남다른 인연이 있었다. 우연히 묵게 된 이호테우의 하나 게스트하우스 사장님과 모녀지간처럼 친해져 일까지 돕게 된 것이었다. 그렇게 서울 자취방과 제주 게스트하우스를 오가며 이중생활을 하던 그녀는 제주에 아예 집을 구하기에 이르렀다. "나 제주에 살 거야!" 선언하듯 말했을 때 주변의 어느 누구도 놀라지 않았음은 물론이다.

최근에 마련한 80만 원짜리 중고차를 몰고 김녕에 찾아온 그녀와 돌담집 가득한 골목 어귀에서 만났다. 10년 전에 우리는 어색한 회사 동료였는데, 이제는 제주에서 이렇게 동네 친구처럼 만나고 있다.

혜선이 온 날 김녕의 날씨는 오랜만에 화창했다. 투명한 김녕 앞바다는 전세라도 낸 듯 우리 외에 수영하는 사람들이 거의 없었다. 이렇게 저렇게 해보라며 시범을 보이자 물에 대한 공포가 없는 혜선은 금세 찰방찰방 물장구를 치며 수영을 하고 놀았다. 수영이 별건가. 물에 떠서 앞으로 가기만 하면 되는 거지. "우하하! 나 수영 천재인가봐!" 신나 하는 혜선을 보며 조금 미안했다. 나중에 제대로 수영 강습을 받게 되면 얼마나 엉망진창으로 배웠는지 알게 되겠지.

혜선을 데리고 M이 하는 월정리 고깃집에 가서 흑돼지를 먹었다. M은 김녕회관까지 차로 우릴 데려다줬다. 김녕회관 주인장과 함께 밤늦게까지 술잔을 기울이고 수다를 떨며 우리는 어떤 방향으로 나아갈지 모를 우리의 삶에 대해 생각했다. 재형씨는 김녕회관에서 찍은 '김녕회관'이라는 제목의 독립영화가 있다며 시내에 가면 한번 보러 가라고 권했다. 폐업을 고민하던 그는 1년 남짓 김녕회관으로 인해 경험할 수 있었던 찬란한 시간에 대해 잘 알고 있었다. 앞으로 얼마나 될지 모르지만 남은 제주에서의 삶에 대한 기대감도 함께.

제주 시내로 돌아가 영화도 보고 하나 게스트하우스 이모님이 해주시는 오리 백숙을 목 끝까지 차오르게 먹었다. 이호테우 해변에서 사장님 내외, 혜선과 함께 '신발 던지기'라는 이상한 게임을 하며 뜻하지 않은 발차기 실력을 뽐내기도 했다. 내 여행은 항상 이런 식이다.

사는 게 너무 좋아. 여행하면서 내가 가장 자주 하는 말이다. 올해 다섯 번째 제주 여행에서도 그랬다. 계속해서 여행하고, 사람들을 만나고, 나이 들어가는 것. 그게 왜 그렇게 좋은지 나는 모르겠다. 그렇게 또 다음 여행을 꿈꾸고, 나를 스쳐지나가는 시간과 인사하고, 각자의 속도로 변화해가는 사람들을 바라보는 것이 나는 그렇게 즐겁다. 나의 여행은 그렇다.

제주도

여행의 속도는 저마다 다르니까

우리의 여행이 언제쯤 끝날지
나는 아직도 알지 못하겠다.